Gunter Gerlach
Stellvertreter der Wut

Vom Autor bisher bei KBV erschienen:

Der Mensch denkt

Gunter Gerlach wurde 1941 in Leipzig geboren. Er absolvierte eine Ausbildung an der Hochschule für Bildende Künste in Hamburg, arbeitete als Texter und Fotograf. In Hamburg wohnt er noch heute, mit dem Blick über die Dächer St. Paulis. Er veröffentlichte mehrere Romane und Krimis und gewann einige Literaturpreise – unter anderem den *Deutschen Krimi Preis* und mehrmals den *Friedrich-Glauser-Preis*. Er ist Mitbegründer des »Hamburger Dogmas« und veranstaltet die wöchentlichen Literatur-Quickies in Hamburg. www.gunter-gerlach.de

GUNTER GERLACH

STELLVERTRETER DER WUT

KRIMINALROMAN

KBV

Originalausgabe

www.kbv-verlag.de
E-Mail: info@kbv-verlag.de
Telefon: 0 65 93 - 998 96-0
Fax: 0 65 93 - 998 96-20
Umschlaggestaltung: Ralf Kramp
unter Verwendung von:
© Bertold Werkmann – www.fotolia.de
Redaktion: Volker Maria Neumann, Köln
Druck: CPI books, Ebner & Spiegel GmbH, Ulm
Printed in Germany
ISBN 978-3-95441-237-2

»Kapitalismus ist für mich
die ökonomische Spielart des Sadismus.«
Santiago Sierra

»Ich tu das, was ich tue, weil ich es tun muss,
nicht, weil ich denke, ich werde gewinnen.«
Arundhati Roy

1. Kapitel

Ich schwenkte meinen Hintern, um den Mann von meinem Dasein als Frau zu überzeugen.

Am Himmel die dunkelblaue Tinte des Tiefschlafs. 3.10 Uhr, die richtige Zeit, die Welt zu verbessern. Vor zwei Nächten hätte ich schon unterwegs sein müssen, mein kleines Verbrechen zu begehen, aber ich brauchte immer einen Anstoß. Heute Mittag beobachtete ich eine blonde Frau, die ihr orangefarbenes Kleid wie ein Fahne um den Mast ihres Körpers trug, mal flatterte es, mal wickelte es sich um sie. Mehr Stoff als notwendig. Dieses Bild blieb den Rest des Tages in meinem Kopf – und am Abend wurde es Anstoß, in der Nacht loszulegen.

Wenn ich Limette, die ich bei allem um Rat fragte, diese Beobachtung erzählt hätte, hätte sie wieder behauptet, ich hätte mich in diesem Moment verliebt, könnte dieses Gefühl nur nicht zulassen oder weigerte mich, es so zu benennen. Wir diskutierten oft darüber, was Liebe ausmachte. Ich wusste es nicht.

Vielleicht lag es daran, dass es mir – wie jetzt – immer wieder gelang, meine Emotionen einfach abzustellen. Ich legte einen Schalter um, er trennte eine Seite meines Gehirns von der anderen. Natürlich hatte ich das schon als Jugendlicher trainiert, keine Gefühle mehr zuzulassen. Ich hatte festgestellt, dass es immer zu meinem Nachteil war, in der Schule, auch zu Hause, wenn ich mich meinen Gefühlen überließ. Ich spielte sie stattdessen, wie ein Schauspieler mit regulierbarer Intensität.

Ich parkte an der Hauptstraße gleich nach der großen Kreuzung, legte den Schalter um, der meine Gehirnhälften trennte, und stieg aus. Ich kontrollierte erneut, ob mein Handy wirklich ausgeschaltet war. Obwohl ich das gleich zu Beginn der Fahrt getan hatte. Nicht nur wegen möglicher Anrufe, mehr noch, damit man mich nicht anpeilen oder nachträglich meinen Weg rekonstruieren konnte. Die digitale Welt schränkt die Freiheit ein.

Hinter mir ließ der Wagen seine Gelenke knacken. Auf der Ausfallstraße lieferten sich zwei schwarze Wagen ein Rennen, und als Vorsichtsmaßnahme klappte ich den Seitenspiegel ein, dann marschierte ich in Richtung des Vorstadthotels, die Sporttasche über der Schulter. Möglicherweise hatten die beiden Rennfahrer jemanden aus dem Schlaf geholt, und er war jetzt auf dem Weg zur Toilette, schaute kurz aus dem Fenster. Ich ließ mich von ihm als Hotelgast einordnen. Schon verlor er das Interesse an mir. Meine dünnen Latexhandschuhe konnte er nicht gesehen haben. Jedenfalls stellte ich mir das so vor.

Das Blau des Himmels nahm die Farbe von Polizeiuniformen an.

Ich nutzte den Torweg zum Parkplatz des Hotels zum Umkleiden. Aus der Tasche zog ich meine Langhaarperücke; echtes, schwarzes Haar aus China. Ich erfreute mich immer an dem Gedanken an eine DNA-Analyse des Haares durch die Spurensicherung. Beim Gehen ließ ich den unter meiner Jacke hochgerollten, schwarzen Rock über meine Jeans herab. Aus der Entfernung, hoffte ich doch, verließ ich den Torweg als Frau.

Natürlich wusste ich, wem ich ähnlich sehen wollte. Almut, die mich vor fünf Jahren mit der Aufforderung verlassen hatte, endlich etwas zu tun, politisch aktiv zu werden. Immer trug sie zu schwarzem Haar schwarze Kleidung und oft eine Jeans unterm Rock. Ich hätte sie nicht gehen lassen dürfen. Nun musste ich mich in manchen Nächten in sie verwandeln.

Hinter dem kleinen Vorstadthotel führte eine Sackgasse fast wieder zur großen Kreuzung. In meiner Sporttasche tastete ich nach den Bomben. Sie waren sehr empfindlich, und immer befürchtete ich, dass Farbe auslaufen könnte, dann müsste ich die Aktion sofort abbrechen. Ich benutzte gewöhnliche, schwarze Farbe, die es in mehreren Baumärkten gab, aber mit ihr unter den Fingernägeln wollte ich nicht in der Nähe meines Zielobjektes erwischt werden.

Den Weg hatte ich genau erkundet, um immer wieder aus dem Blickwinkel möglicher Beobachter verschwinden zu können. Ich blieb stehen, lauschte. Drei Autos querten die Kreuzung, ich sah sie nicht, hörte nur das Schlürfen ihrer Reifen. Ab einer bestimmten Preisklasse hörte man den Motor nicht mehr. Der wahre Luxus ist, nicht daran erinnert zu werden, womit man die Welt zerstört. Ein Zitat von Almut.

Ich vermisste Almut. Ich hätte sie heiraten sollen. Liebe oder nicht. Vielleicht lag es daran, dass ich keine Verwandten mehr besaß. Mein Vater hatte sich nie offenbart, meine Mutter lebte seit Jahren in einem Heim. Es war zwecklos, sie zu besuchen. Sie erkannte mich nicht, wusste nicht einmal, dass sie einen Sohn hatte.

Es war kein Mensch außer mir unterwegs. Manchmal dachte ich, wenn ich wirklich dem Bild einer Frau entsprach, die so spät in der Nacht unterwegs war, könnte ich auch mal Objekt verbrecherischer Begierden werden. Die Welt war voller Krimineller, das unmoralische Wirtschaftssystem produzierte sie. Denn um des eigenen Vorteils willen ging man so weit, die Existenz des Geschäftspartners zu vernichten. So ein geschäftliches Verhalten übertrug sich aufs Privatleben, prägte unsere Kultur.

Der potentielle Vergewaltiger aber, der sich gerade in die Schwärze eines Hauseingangs drückte, sah wohl doch, dass unter dem Rock keine Frau steckte, hielt mich vielleicht für einen Lockvogel der Polizei. Sie war dafür bekannt, das Verbrechen, das sie bekämpfte, durch V-Leute zu provozieren. Es bestätigte ihre Existenz und erhöhte die Quote der Aufklärung.

In dem mehrstöckigen Mietshaus an der Straßenecke leuchtete ein Fenster weit oben. Das war auch schon zwei Nächte zuvor so gewesen. Wahrscheinlich lag dort der tote Mieter der Wohnung, von einem Einbrecher vor Tagen mit der Bratpfanne erschlagen. Niemand vermisste ihn, weil ihn keiner gekannt hatte. Das kam davon, wenn man immer an der Wohnungstür lauschte und erst dann das Treppenhaus betrat, wenn kein anderer zu hören war. Dann blieb man ein Unbekannter. Man würde ihn erst finden, wenn sein Briefkasten mit der Supermarktreklame überquoll und der Verwesungsgeruch unter seiner Tür durchzog.

Ich bog in die nächste kleine Straße ein. Hier mischten sich Einfamilienhäuser aus zwei Jahrhunderten. Stuck- und rote Backsteinfassaden, dazwischen brüsteten sich Wintergärten mit großen Stahlfenstern moderner Villen. Vorgärten mit Büschen wie Tiere, die sich aufrichteten oder duckten. Das dritte Haus aus rotem Klinker war mein Ziel. Ich griff in die Tasche und warf im Vorbeigehen mit einer lang geübten Bewegung drei meiner Farbbomben gegen die Fassade. Ich sah nicht hin. Am Geräusch des platzenden Gummis erkannte ich, dass ich getroffen hatte.

Wer nicht so genau hinsah, so hoffte ich immer, bemerkte meine Würfe gar nicht. Der gründlichere Beobachter sah eine Frau, die Farbbomben warf. Aha, die heimliche Geliebte wollte sich rächen. Immer hatte er geschworen, seine Frau zu verlassen, und war dann doch zu ihr zurückgekehrt. Er konnte froh sein, dass sie sich für die Farbbomben und nicht für das Gift im Kaffee entschieden hatte.

Ich marschierte noch ein paar Häuser weiter, dann wendete ich und bemerkte eine Bewegung und hörte einen Atemzug an rauen Bronchien entlang. Am Nachbarhaus stand ein Fenster weit offen. Jemand lauerte dort in der dunklen Höhle.

»So spät noch unterwegs?« Die tiefe Stimme eines Mannes. Ich zuckte zusammen. Es musste einmal geschehen, dass man mich beobachtete.

Ich war vorbereitet: »Ich komme vom Training.« Mit der Stimme einer Frau.

»Schönes Training.«

»Gute Nacht«, zwitscherte ich. Das Spiel bereitete mir Vergnügen, obwohl ein Beobachter höchste Gefahr bedeutete.

Ich schwenkte meinen Hintern, um den Mann von meinem Dasein als Frau zu überzeugen.

2. Kapitel

Der Gedanke befiel mich wie eine flüsternde Stimme am Ende eines Revolverlaufs, der sich in meinen Rücken bohrte.

Am nächsten Morgen auf dem Weg zu Clarissas Café, das sich abends in eine Bar verwandelte, befiel mich ein Gedanke wie eine flüsternde Stimme am Ende eines Revolverlaufs, der sich in meinen Rücken bohrte. Ich würde nachholen, was ich bei Almut versäumt hatte, und Clarissa jetzt einen Heiratsantrag machen. Die Waffe in meinem Rücken drückte mir den Bauch heraus. So geformt betrat ich die Bar, fest entschlossen, Clarissa zu heiraten, wenn sie Ja sagen würde.

Liebe würde sich schon einstellen.

Clarissa lehnte hinter dem Tresen an dem Flaschenregal und lüftete mit den Fingern ihre dunkelroten Locken. Vor ihr saß Daniel, hatte die Pfoten auf den Tresen gelegt als Zeichen ehrlicher Absichten. Kein Schwarz unter den Nägeln, aber die Gesellschaft Clarissas hatte sie ihm gekrümmt. Er hechelte leicht, um seiner Bewunderung etwas Ausdruck zu verleihen.

Clarissa stieß sich mit den Ellbogen vom Regal ab, der Tropfen am Wasserhahn über der Spüle nickte mir zu und ließ sich fallen. Die Flaschen im Regal hinter Clarissa stießen einander an. Sie trugen einen heimlichen Wettbewerb um ihre Beliebtheit aus, Sieger war, wessen Flüssigkeit am niedrigsten stand. Manchmal griff ich zugunsten selten verlangter Flüssigkeiten ein, um einen Gleichstand herzustellen. Ich war der Spezialist für Gerechtigkeit.

Alkohol, die letzte legale Droge zum Überleben, die gleichzeitig das Leben verkürzte. Das Leben war – im Gegensatz zu den Warnhinweisen auf Zigarettenpackungen – jederzeit tödlich und nicht erst nach Ausprägung eines Lungenkarzinoms!

Clarissa drehte den Kopf in Richtung Kaffeemaschine und verschickte jenes Lächeln gratis, für das alle Gäste kamen. Als Bonus zu jedem Glas.

»Du siehst müde aus, Holm.«

»Ich habe wenig geschlafen.« Ich betrachtete meine Fingernägel. Eine ständige Geste. Immer dachte ich, sie wären schwarz von der Farbe.

»Wie wär es mit einem doppelten Espresso?«

»Nein, wie immer einen Milchkaffee.«

Daniel, heute aufrechter Deutscher Schäferhund – eine seiner Lieblingsrollen – knurrte leicht, würde mich wohl gern wegbeißen. Aus der Tiefe seiner Kehle kam auch ein »Holm« als Begrüßung und Drohung.

Almut hatte mich so genannt. Aus Christian Holmeier einfach Holm gemacht. Man brauche einen Kampfnamen, hatte sie gesagt.

Vielleicht ahnte Daniel meine Absicht, Clarissa einen Antrag zu machen, um ihr Lächeln für den Rest meines Lebens für mich zu reservieren. Er wusste zwar, dass ich so tun konnte, als wäre ich verliebt – und es doch nie war. Was war schon Liebe? Etwas, das nachließ, sich veränderte und nur Schwierigkeiten brachte. Manchmal sogar zu Mord, Totschlag oder früher zu Kriegen führte. Ein rationaler Entschluss, mit jemandem zusammenzuleben, sollte dagegen gleichmäßiger und dauerhafter funktionieren.

Clarissa hüpfte die drei Schritte zur Kaffeemaschine. Ein Kind mit Springseil. Es war eine Show für uns beide, die einzigen Gäste.

Daniel drehte sich auf dem Hocker, sank etwas zusammen, und ich befürchtete schon, er verwandle sich in den Glöckner von Notre Dame, eine andere seiner Lieblingsrollen, um Clarissas Aufmerksamkeit zu behalten. Er blieb Hund, bleckte die Zähne.

»Ich brauche dich übermorgen.« Ich zog zwei Konzertkarten aus der Tasche und gab ihm eine. Wenn ich mich mit einem Auftraggeber traf, nahm ich manchmal Daniel mit. Außer meinem Sicherheitsbedürfnis gab es keinen Grund dafür.

»Danke. Aber ist die Band nicht zu laut, zu chaotisch?«, kommentierte er die Eintrittskarten.

»Musst du durch.«

Obwohl ich Daniel nie vollständig gesagt hatte, wie ich mein Geld verdiente, ahnte er wohl das Meiste, aber er fragte nie. Anfangs ließ ich ihn sogar anonyme E-Mail-Adressen für mich anlegen, auf die er dann natürlich auch Zugriff hatte. Ich nutzte die Adressen als fiktive

Absender von Briefen voller Empörung und Groll bis hin zur Beschimpfung. Daniel wollte wohl von meiner Arbeit offiziell lieber nichts wissen, um bei einer möglichen Befragung durch die Polizei mit überzeugender Ehrlichkeit antworten zu können, er habe keine Ahnung.

»Holm, warum nimmst du mich nie mit in ein Konzert?«, fragte Clarissa und schob den Milchkaffee über den Tisch.

»Damit deine Ohren geschont werden, ihre hübsche Form nicht verlieren oder vorzeitig welken.«

»Was weißt du von meinen Ohren?«

»Ich weiß alles darüber, welche Vorlieben sie haben und wie man sie behandeln und pflegen muss.«

Daniel hüpfte von Hocker zu Hocker, machte die Arme lang und stieß Affenlaute aus. »Und gleich laust ihr euch!«, schnauzte er.

Clarissa war schon dabei, eines ihrer Ohren freizulegen, damit ich etwas, dass ihr gut tun würde, hineinflüstern konnte, ließ das Haar aber zurückfallen. Es wäre mein Heiratsantrag gewesen. Daniel duldete keinen Mann an Clarissas Ohren, obwohl er von ihr immer eine Abfuhr erhielt. Fasste er seine Bewunderung in Wörter, hob sie den Kopf weit zurück und betrachte ihn von dort oben mit geschlitzten Augen und herabgezogenen Mundwinkeln, so wie sie auf eine Horde schleimiger Monster herabsehen würde, die sich erlaubt hatte, sich an ihrem Tresen niederzulassen, um sie dann mit den Worten »Ihr kriegt hier nix« zu verscheuchen.

Daniel liebte diese Demütigungen wie viele Männer, die es für ein notwendiges Ritual der Eroberung hielten. Er zog dann die Beine auf die Hockerfläche hoch, umarmte sich und tat so, als würde er weinen, bis Clarissa eine Hand ausstreckte, ihm über die langen Haare fuhr und sagte: »Nimm es nicht so.«

Natürlich erwartete er, dass sie mit ihm schlief. Eines Tages. Wahrscheinlich stellte er es sich gerade vor. Ich stellte es mir auch vor.

»Themenwechsel«, befahl Clarissa unseren Gehirnen. Sie wusste einfach, was in den Köpfen ihrer Gäste vorging. Sie schob mir ein Schild hin, das John, der Mitbesitzer der Bar, an der Eingangstür befestigen wollte. Es erlaubte nur Gästen die Toilettenbenutzung.

»Freiheit nur, wenn du bezahlt hast. So ist es seit dem Sieg des Kapitalismus«, kommentierte Daniel.

Ich schüttelte den Kopf. »Es ist viel schlimmer. Man will eine bestimmte Gruppe vom Vergnügen ausschließen. Wenn du nicht genug Geld hast, um dein Bier in der Bar zu trinken, du es nebenan im Kiosk billiger kaufst und es auf der Straße vor der Bar trinkst, will man dich hier als Pisser nicht haben.«

Clarissa legte die Stirn in drei kleine, parallele Falten. »Ich habe einfach ein dummes Gefühl dabei, wenn ich es an der Tür befestige.«

»Natürlich, es könnte ja sein, dass einer kommt und gegen Tür und Schild uriniert, du ihn verjagen willst, woraufhin sich die vom Urinal ausgeschlossenen Männer versammeln, sich gewaltsam Zutritt zur Toilette verschaffen, und da sie den Schwanz schon mal draußen haben …«

»Hör auf.«

Ich schob ihr das Schild wieder zu. »Diese Gesellschaft fördert es, dass manche zum Leben nicht genug verdienen. Wirtschaft und Kultur schöpfen Gewinn aus den Unterschieden zwischen Arm und Reich, Klug und Dumm. Und dieses Schild ist eine Methode, den Ärmeren bewusst zu machen, dass sie zu den Verlierern gehören. Hinsichtlich einer kommenden Revolution ist das gut. Andererseits ist es Ausdruck des triumphierenden Unmenschen.«

Clarissa grinste. »Ja, Herr Professor, wir sollten das unten auf das Schild schreiben.«

Ein weiterer Gast, ein blonder Riese, öffnete die Tür weiter als notwendig, um mit Bedeutung einzutreten, kam mit der Brust einer Taube und stählernen Schuhabsätzen herein, marschierte mit ausgestreckter Hand auf Clarissa zu und sagte: »Ich glaube, ich werde diese Bar zu meiner Lieblingsbar machen. Dann stellte er sich ihr als Gandalf vor.

»Wie der Zauberer?«, fragte ich leise. Aber laut sagte ich: »Angenehm, Dolph Lundgren.« Als hätte er sich mir vorgestellt.

Ich hatte eine geringe Ähnlichkeit mit diesem Bösewicht aus zahlreichen Hollywoodfilmen – nur, dass ich sehr viel kleiner war.

Es irritierte ihn tatsächlich. Ich bekam einen Blick. Er verriet, Gandalf hatte seine Augen nicht vollends unter Kontrolle, eines blickte geringfügig in eine andere Richtung als das andere. Er stützte sich auf den Tresen, auch Clarissa tat es und ihre Köpfe kamen sich näher als erlaubt. Sie hatte diese Geste perfekt drauf. Alle dachten, sie könnten sie haben, aber das war ein Irrtum. Vielleicht würde ich nach meinem Heiratsantrag auch nur getätschelt und bekäme zur Antwort: »Nun lass mal gut sein.«

Clarissa befeuchtete sich die Lippen, dann fragte sie den Neuen: »Was darf es sein?«

»Alles«, antwortete er und hob das Kinn, um seine Kehle wehrlos zu zeigen und dann fuhr er fort: »Aber ich beginne mit einem Aperitif.« Dann nannte er die Zutaten, Mengen und die Reihenfolge der Zubereitung. Etwas Neues. Clarissa vergrößerte ihre Augen.

»Es heißt *Green Gandalf.*«

Ich legte das Geld für den Kaffee auf den Tresen und bekam einen Blick von Clarissa, der vor mir auf der Flucht war. Sie wusste, dass ich wusste, welches Spiel sie gerade trieb. Es beeinflusste mich trotzdem. Denn vielleicht funktionierte bei ihr der Mitleidseffekt für Männer, deren Körper mit kleinen Fehlern ausgestattet waren. Und hier stand ein großartiges Exemplar mit Silberblick.

Ich öffnete die Tür, hinter mir der Klang von Eiswürfeln, die sich in einem Glas drängelten. Warum hatte ich mit meinem Heiratsantrag gezögert? Ich wünschte mir, auf der Straße von einem Auto überfahren zu werden. Wie oft geschahen Unfälle, die keine waren? Wahrscheinlich ziemlich häufig. Neulich las ich, dass zum ersten Mal mehr US-Soldaten Selbstmord begangen hatten, als bei Kriegshandlungen getötet wurden. Nicht gerechnet jene vielen, die sich beim Reinigen der Waffe mal kurz in den Kopf schossen. Etwas, das den Unglücksfällen zugerechnet wurde.

Ich musste mich beeilen, mein Material war aufgebraucht, um auf Hausfassaden Spuren zu hinterlassen. Keine Farbe mehr, keine Latexhandschuhe, keine Luftballons. Meine kleine Sporttasche wechselte ich auch jedes Mal. Ich musste sie vernichten und eine neue kaufen. Mit den Farbbomben vertrat ich sehr effektiv die Meinungen meiner Auftraggeber gegenüber Behörden, Politikern oder Vorgesetzten und Privatpersonen. Die Farbe auf Fassaden oder Autos machten sich auf den Fotos in der Presse sehr gut. Natürlich nahm ich meinen Kunden schon durch das Gespräch mit mir viel ab. Aber sie erwarteten auch, dass ich ihre Wut stellvertretend auslebte, Briefe, eher anonyme Mails der Empörung schrieb, Farbbeutel auf die Häuser der Politiker warf, die Autos der Ungerechten und Ausbeuter anzündete – oder auch mal ein paar Scheiben einwarf. Aber das war mir meist zu laut. Ich arbeitete noch an einer Technik, die eine Schaufensterscheibe erst dann zerspringen ließ, wenn ich mindestens hundert Meter weitergegangen war.

Ich wünschte, Almut wüsste, was ich machte. Es hätte ihr gefallen. Zwei Jahre waren wir zusammen, in denen sie mich bedrängte, endlich aktiv zu werden. Sie machte mich auf alle Ungerechtigkeiten aufmerksam, zeigte mir Gegensätze, die die Gesellschaft zusammenhielt und doch sprengen müsste.

»Es kommt auf jeden einzelnen an«, hatte sie gepredigt. »Und du bist gut geeignet für Aktionen, weil man dich nicht bemerkt. Du bist der unauffälligste Mensch, den ich kenne, du bist von Natur aus unsichtbar.«

Hätte ich Limette, meiner Ratgeberin, von meinen Aktionen erzählen können, hätte sie gesagt, sie seien Ausdruck meiner erst spät entdeckten Liebe zu Almut.

Ich wusste nicht, was Almut jetzt machte, seit über fünf Jahren hatte ich sie nicht gesehen. Vielleicht war sie in den Untergrund abgetaucht, dafür war meine Unsichtbarkeit verschwunden, denn letzte Nacht hatte ich einen Beobachter gehabt.

Ich wünschte, Almut wäre es gewesen. Dann wäre alles gut, so aber war ich in Gefahr.

3. Kapitel

Die Chinesen unter den Tieren.

Herzinfarkt«, sagte einer der Zuschauer.

Das Blaulicht des Rettungswagens zuckte über die roten Backsteine der Fassade des Einfamilienhauses gegenüber. Vor meinen Füßen kletterten zwei Marienkäfer über den Rollsplitt des Fußweges. Ihr müsst fliegen, versuchte ich es per Gedankenübertragung, um sie zu retten. Auch ihre glänzenden Panzer und meine Schuhspitzen reflektierten das blaue Licht. Es hätte sie warnen müssen, aber ich glaubte, immer mehr Käfer gingen lieber zu Fuß, sie wussten, welch plumpe Flieger sie waren und wie viel Gift die Luft enthielt, die sie beim Fliegen einatmeten. Auf der Erde zu leben führte meist früher als später zum Tod. Aber ohne ihn wäre das Leben auch nichts wert.

Wussten das Marienkäfer?

Ich stellte mich dicht vor sie, meine Schuhe als Schutzwall, damit keiner der Zuschauer sie versehentlich zertrat.

Ich betrachtete hinter dem Rettungswagen die Spuren meiner Farbbeutel der letzten Nacht. Harmlos gegen die blauen Blitze. Drei schwarze Farbkleckse, ein bisschen wie Meteoriten, deren Strahlen noch etwa einen halben Meter an der Wand heruntergelaufen waren. Planetenwerfen. Vielleicht würde ich auch zum Weltuntergang die Erde gegen die Fassade eines Hauses schleudern, in dem Gott wohnte. Sie würde aufplatzen und der Inhalt herunterrinnen, bis er antrocknete. Am nächsten Morgen trat Gott vor die Tür, entdeckte diese Form der Meinungsäußerung und bekam einen Herzinfarkt.

Dann müssten alle jene, die mit ihrer Religion das Denken über ihr Dasein eingestellt hatten, die Verantwortung für ihr Leben wieder selbst übernehmen.

Ich stand mit drei älteren Männern und einer Frau auf der anderen Straßenseite, die mit kleinen Schritten zu mir aufrückten. Eine Wagenburg gegen den Tod von gegenüber. Einer von ihnen bewegte seine Beine aus den Hüften heraus. Seine Füße hoben sich nur wenige Millimeter über den Boden.

Auf der anderen Straßenseite öffnete sich die Haustür. Zwei Sanitäter mit einer Trage. Sie mussten einmal vor- und zurückrangieren, fast ein Tangoschritt, dann hatten sie es geschafft und waren draußen. Das Haus war im Eingangsbereich eng, aber hinten hatte es einen flachen Anbau mit viel Glas bekommen. Vorn scheinbare Armut und hinten Luxus.

Neben mir wuchsen die Hälse der Beobachter aus den Krägen ihrer Kleidung für einen Blick auf den Mann auf der Trage. Ich erkannte ihn, er war seit drei Wochen meine Zielperson.

»Herzinfarkt?«, fragte ich den neben mir stehenden Rentner.

Er zog die Schultern hoch, gab ein Glucksen von sich, als wäre es die Methode, sein eigenes Herz wieder in Schwung zu bringen. »Man weiß es nicht«, setzte er, ins Leben zurückgekommen, hinzu. »Vielleicht ist ihm auch nur die schwarze Farbe in den offenen Mund getropft.«

»Kennen Sie ihn?«

»Der hat eine große Firma. Weine und Spirituosen. Mehrere Läden und einen Versandhandel.«

»Es ist also Alkohol im Spiel.«

Jetzt sah er mich zum ersten Mal richtig an. Er würde sich nur meinen Schnauzbart merken. Den hatte ich mir im Auto auf der Fahrt hierher angeklebt. »Wohnen Sie hier?«, fragte er mich.

»Nein. Ich bin Klavierstimmer.« Ich bückte mich, um die kleinen Marienkäfer zu retten. Es war nur noch einer zu sehen. Er kletterte auf meinen Finger.

»Ah ja?«, sagte der alte Mann. Es war eine Frage.

Ich zeigte ihm den Käfer. »Ich habe hier einen Kunden, der legt Wert darauf, dass sein Piano einmal im Monat … Dabei ist es schon ziemlich alt … Und ich versuche, der Familie ein neues zu verkaufen. Die vierjährige Tochter soll Pianistin werden. Ein Wunderkind.« Eine Lüge ist glaubwürdig, wenn man sie mit ein, zwei Details auffüllt und mit der Sorge um einen Käfer begleitet. Der Käfer suchte die Flucht. Er kletterte an meinem ausgestreckten Finger empor. Ich sah dem alten Mann an, dass er überlegte, wer mein Kunde in der Vorstadtsiedlung sein könnte. Der Zweifel kräuselte seine Lippen.

Ich dachte an meine eigenen Klavierstunden als Kind. Meine Mutter hatte Fortschritte sehen wollen in der Beherrschung bestimmter Klavierstücke. Um diese schnell zu erreichen, trieb der Lehrer mir mit Schlägen jedes improvisierte Spiel aus. Nie durfte ich einmal wahllos auf die Tasten hämmern. Noch heute würde ich es nicht können, ohne das Gefühl einer Ohrfeige auf der Wange.

Der Käfer startete von der Fingerkuppe. »Fliegen ist gefährlich«, gab ich ihm mit auf die Reise.

»Sie sind ein guter Mensch, was?«, sagte der Alte. »Aber das sind nur asiatische Marienkäfer, die haben die heimischen verdrängt. Die Gelbe Gefahr, Sie verstehen, die Chinesen unter den Tieren.« Jetzt erkannte ich die Stimme aus der vergangenen Nacht, der Atemzug, der über raue Bronchien fegte.

Die Sanitäter schoben den Mann mit der Trage in den Wagen. Ein dritter im weißen Kittel kam aus der Haustür, wahrscheinlich der Notarzt, hinter ihm war für einen kurzen Moment die Frau zu sehen. Rote Flecken im Gesicht, die blonden Locken hingen herab. Sie versuchte, ihr Gesicht zu verstecken. Der Arzt drehte sich um, griff nach ihrer Schulter, dann lief er zum Auto und stieg hinten ein, die Sanitäter schlossen die Tür hinter ihm und gingen nach vorn.

Aus allem schloss ich, dass der Mann immerhin noch nicht tot war, sonst müsste ich mir Sorgen machen, es könnte das Ergebnis meiner Arbeit gewesen sein.

»Herzinfarkt«, sagte der Alte, der seine Füße kaum heben konnte und doch jetzt nah bei mir stand. »Sie könnten recht haben.« Er schnüffelte in meine Richtung. Er trug eine grüne Schirmmütze und hatte sich ein Seil um die Schultern gelegt. »Und geschieht ihm recht«, ergänzte er. »Kein guter Mensch.«

»Nicht?«

»Das ist ein Schinder. Die Leute aus seinem Laden sagen das auch. Und ich wohne neben ihm. Zaun an Zaun. Da merkt man schnell, was läuft. Wissen Sie, ich habe mir die Knie versteifen lassen. Die Gelenke waren hinüber. Normalerweise werden die dann in sitzender Position versteift. Dann ist nur noch Rollstuhl. Ich wollte aber die stehende Variante. Aufrecht sterben. Das hat den Nachteil, ich schlafe im Stehen auf einem schrägen Polster mit Fußrasten. Ich habe es mir bauen lassen. Und beim Sitzen muss ich die Beine ausstrecken und ich komme allein nicht hoch. Ich benutze deshalb eine Vorrichtung für Einbrecher.« Er schob das Seil über die Schulter, sodass am Ende ein Kreuzanker sichtbar wurde. »Den werfe ich und dann ziehe ich mich dran hoch. Und wenn ich das an seinem Gartenzaun machte …«, er drehte den Daumen Richtung Krankenwagen, »dann schimpfte der. Kein Erbarmen für Krüppel. Kein Mitleid. Dabei kämpfe ich seit dreißig Jahren mit meinem Garten gegen seinen. Ich habe ein Biotop geschaffen. Bei mir gibt es kein Unkraut, nichts, das ungeplant wächst. Das wird sofort erbarmungslos vernichtet.« Er streckte seine Hände vor, voller Wunden. »Von den Pflanzengiften!«

»Gifte? Sie nennen Ihren Garten Biotop?«

»Kennen Sie die Geschichte, wo im Körper eines Menschen eine Pflanze wächst und ihn umbringt? Und nun schauen Sie übern Zaun. Bei ihm wächst alles wie im Urwald. Davon kommt so was! Hol ihn der Teufel. Ich werde nicht für ihn aussagen.«

»Sie sollen für ihn aussagen?«

»Vor dem Jüngsten Gericht.«

»Ach so.« Ich wendete mich zum Gehen.

»Sie arbeiten doch auch für den?«

Ich blieb stehen, schickte ein Schnaufen über die Schulter. »Nein.«

Er kniff die Augen zusammen und presste die Lippen aufeinander. Sein Gesicht war plötzlich voller Falten. Er grinste mit zusammengepressten Lippen. »Wie auch immer. Haben Sie gut gemacht.«

»Was?«

»Na, das da.« Er deutet auf die Fassade.

»Und würden Sie das vor dem Jüngsten Gericht …«

»Die wissen das schon – wirkt sich zu Ihren Gunsten aus.« Er löste sich aus unserer kleinen Gruppe, die sich gegen den Tod stemmte – und sei es mit Pflanzengiften – und rutschte bis zur Bordsteinkante. Ein Teleskopspazierstock verlängerte sich aus seinem Ärmel, mit ihm schaffte er es, mit einem leichten Schwanken die Kante zur Straße zu überwinden. Er brauchte lange bis zur Mitte der Straße. Ein Auto hupte ihn an. Es brachte ihn nicht aus dem Gleichgewicht. Warum überfuhr es ihn nicht? Autos waren eine technische Fehlentwicklung. Sie waren die Lemminge der Überbevölkerung. Ohne sie wäre die rasche wirtschaftliche Entwicklung in vielen Ländern nicht möglich gewesen, aber mit ihrem Ressourcenverbrauch schoben sie die Menschheit vor sich her auf den Abgrund zu.

In der letzten Nacht bei meinem Farbbeutelwurf hatte ich einen Beobachter mit steifen Knien gehabt, einen, der nicht schlafen konnte und mich trotz Mädchenverkleidung wiedererkannt hatte. Stand wahrscheinlich wie eine Statue die ganze Nacht in seinem Zimmer am offenen Fenster und bekam vor Schmerzen die Augen nicht zu. Ein guter Beobachter konnte jemanden natürlich auch an der Haltung, an Bewegung und Gestik wiedererkennen.

Nun gut, ein Zeuge. Einer der schrägen Sorte. Wenn er die Geschichte seiner Knie erzählte, oder weshalb er Pflanzengift einsetzte, verlor er bestimmt an Glaubwürdigkeit. Offensichtlich hielt er mich für einen der Angestellten des Weinhandels, der aus Rache Farbbeutel gegen das Haus seines Chefs warf.

Ich ging ihm nach, holte ihn ein. »Ich war das aber nicht.«

»Kommen Sie schon. Ich habe da einen Auftrag für Sie.« Sein Gesicht so unbeweglich wie seine Knie.

4. Kapitel

Er ist schwul, man wird ihn im Iran hinrichten. Sie müssen sich beeilen.

Der alte Mann ging um das Haus herum. Sein Gang erinnerte mich an einen Film mit einem Monster, ein ins Riesige vergrößertes Tier, das ebenfalls aus der Hüfte heraus die Beine hob. Am Ende fraß es den Wissenschaftler, der es gezüchtet hatte.

Hinten am Haus befand sich eine Fahrstuhlplattform, um seinen Bewohner hineinzuhieven. Im Haus stellte er sich auf eine Platte mit kleinen Rädern und bewegte sich durch Ziehen und Abstoßen durch die Räume.

»Ich muss meine Gelenke schonen.«

»Sie haben doch gar keine.«

Er ging ins Wohnzimmer. »Bier, Schnaps?«

Ich schüttelte den Kopf.

Er ließ sich mithilfe eines von der Decke herabhängenden Griffs mit Motor in einen Sessel nieder und hob die Beine auf einen davorstehenden Hocker. Er stöhnte. »Eigentlich habe ich zwei Aufträge. Aber der Reihe nach. Gehen Sie ans Fenster. Sie sehen meinen Gärtner.«

Ich trat ans Fenster, schob die Gardine beiseite. Ein junger Mann harkte im Garten.

»Das ist Iran. Ich nenne ihn so, weil ich finde, Iran ist ein schöner Männername. Er lebt mit seinen Eltern seit seiner Geburt hier. Die kommen aus dem Iran. Jetzt, wo er einundzwanzig Jahre alt ist, will man ihn ausweisen. Seine Eltern haben bei der Einreise irgendeinen Fehler gemacht. Er muss dafür büßen und in den Iran zurück. Man wird ihn ausweisen, gefesselt ins Flugzeug nach Teheran schaffen. Er kann gar nicht Iranisch.«

»Farsi.«

»Richtig, so heißt die Sprache. Der Sachbearbeiter der Ausländerbehörde kennt die Menschenrechte nicht. Ich aber kenne seinen Namen, weiß, wo er wohnt. Und wünsche mir ein paar Farbbeutel auf seinem Haus. Vielleicht bringt ihn das zur Besinnung oder befördert ihn in eine andere Behörde, wo er mit seinem Rassismus keinen Schaden anrichten kann.«

»Vielleicht zur Polizei?«

»Die haben schon genug davon.« Er griff nach der herabhängenden Halterung, ließ sich vom Motor aufrichten und stakste zu mir ans Fenster.

Der junge Mann im Garten hatte schwarze Locken wie Draht, die bei seiner Arbeit über die Stirn wippten.

»Ist er nicht hübsch? Er wohnt oben.« Der Alte hob den Daumen zur Decke. »Er ist schwul, man wird ihn im Iran hinrichten. Sie müssen sich beeilen.«

»Woran haben Sie mich erkannt?«

»An Ihrem Geruch.« Er drehte sich zu mir und erklärte, dass sich bei jedem Menschen, der in der Bewegung eingeschränkt ist, dafür andere Sinne schärfen. Bei ihm sei es der Geruchssinn, der ihn besonders nachts andere Menschen riechen lässt.

Ich war acht Jahre alt, als meine Mutter ein komplizierter Beckenbruch in den Rollstuhl zwang. Der spezielle Sinn, den sie entwickelte, war es, jede Nachlässigkeit eines Menschen um sie herum in einem Buch einzutragen. Jeder der Pfleger und jeder Helfer und Betreuer hatte darin sein Kapitel. Wenn ich sie besuchte, las sie mir ab und zu daraus vor. Das Buch versteckte sie im Rollstuhl hinter ihrem Rücken. Ich hätte gern mal gelesen, was sie über meinen Vater notiert hatte. Sie muss gewusst haben, wer es war. In meiner Geburtsurkunde stand kein Name. Seit zehn Jahren wohnte meine Mutter in einem Heim. Alzheimer. Es ging schnell. Und es gab keine andere Lösung. Ich hatte gehofft, ihr Notizbuch bei ihrem Umzug ins Pflegeheim zu entdecken. Es war nicht aufzufinden gewesen.

Der Alte holte aus seiner Hosentasche einen Zettel mit der Adresse des Beamten der Ausländerbehörde und reichte ihn mir. »Sagen wir dreihundert pro Farbbeutel.«

»Vierhundert.«

»Sie wollen handeln? Gut. Fünfhundert.«

Ich gab ihm den Zettel zurück.

»Sie machen es nicht?«

»Namen und Adressen lerne ich auswendig. Stellen Sie sich vor, man findet diesen Zettel bei mir!«

5. Kapitel

Sie hatte reichlich Erfahrung im Ablehnen von Heiratsanträgen.

Draußen vor den Fenstern des zweiten Stocks schüttelten die Bäume die Köpfe. Ich saß auf Limettes weißem Sofa und tastete hinten nach meinem Halsansatz, dort musste mein Mindesthaltbarkeitsdatum eingraviert worden sein wie auf einem Joghurtdeckel.

Diese Vision war ein Resultat meines Erlebnisses mit dem Krüppel, der mich entlarvt hatte, und Limettes Wohnungseinrichtung – eine perfekte Warenwelt, die ein zwanghaftes Aufräumen zur Folge hatte, damit ein Bild wie im Möbelprospekt entstand – hinzu kam das Klappen der Kühlschranktür in der Küche. Ich wusste genau, wie es in Limettes Kühlschrank aussah. Alle Lebensmittel waren nach Ablaufdatum von hinten nach vorn geordnet.

Auch Limettes eigenes Leben hatte ein Ablaufdatum. Die Miete der Wohnung war so hoch, dass sie sich nur durch den allmählichen Verbrauch ihres Ersparten finanzieren konnte, wenn es zu Ende war, wollte sie ein Vermögen heiraten oder sich umbringen. Das zweite hielt sie für wahrscheinlicher. »Wenn man einmal erkannt hat, dass man auch hätte nicht sein können, fällt der Gedanke ganz leicht«, hatte sie ihren möglichen Freitod kommentiert. Eine Weisheit aus einem Kriminalroman. Ein Datum hatte sie mir allerdings nicht genannt.

Es war diese Aussage gewesen, die mich dazu gebracht hatte, sie bei fast allen Dingen um Rat zu fragen.

Limette kam aus der Küche zurück und trug eine weiße Teekanne vor sich her, die sie mit einem Lächeln, aber auch mit zwei leichten Stirnfalten dekoriert hatte. »Und du willst wirklich heiraten?«, fragte sie.

Ich hatte Vergnügen daran, die Verwirrung in ihrem Gesicht zu sehen. »Na ja.« Ich streckte ihr meine Tasse entgegen. »Das ist meine Frage an dich!«

»Du willst mich heiraten?« Der Strahl aus der Kanne kam ein wenig ins Zittern.

Ich zählte bis fünf, um ihren Zustand zu beobachten. Was für ein interessantes Spiel. »Ich will nur deinen Rat.«

Sie lehnte sich im Sessel zurück. »Das ist ja gerade noch mal gut gegangen.«

»Hättest du Ja gesagt, Mette?«

Viele nannten sie nur Mette. Es war auch schwer zu glauben, dass ihr Vorname wirklich Limette war.

Sie neigte ihre Nase über die Teetasse, wollte mir nicht antworten und mich auch nicht ansehen. Limette hatte wohl reichlich Erfahrung im Ablehnen von Heiratsanträgen. Viele Männer verliebten sich in sie, in ihre bläuliche Haut, an vielen Stellen leuchteten Adern hindurch, und in das gelbe, dichte Haar, das sie kurz hielt wie bei einer Kleiderbürste. Von der Farbigkeit her eine Schwedin, die in Dänemark geboren wurde und die Augen von ihrer Mutter aus Asien bekommen hatte.

»Sprechen wir von Liebe?« Sie schob die Oberlippe über den Tassenrand. Kleine Wellen erfassten die Oberfläche des Tees. Ohne Pestizide, fair gehandelt. Sie schlürfte.

Ein Moment der Entspannung und Entrückung. Dann richtete sie ihren Blick wieder auf die wirkliche Welt, auf mich, und ich hatte das Gefühl, einen schwarzen Fleck auf ihrem Sofa hinterlassen zu haben. Ich schaute neben mich und strich einen Fussel von der Sitzfläche.

Mette wusste, dass ich mich noch nie verliebt hatte.

»Ich denke an Clarissa«, sagte ich. »Ich habe das Gefühl, ich muss ihr einen Antrag machen, sonst ist sie weg, wird von einem anderen geheiratet. Außerdem will ich mein Leben ändern, verstehst du? Es geht einfach nicht mehr so weiter. Ich muss mal irgendwo ankommen.« Ich dachte an den Rentner, der mich wiedererkannt hatte. Statt es als Erfolg anzusehen, dass ich von einem Beobachter einen Auftrag bekam, verunsicherte es mich. War es inzwischen üblich, dass der Wutbürger seinen Protest in professionelle Hände legte? Gab es mehr Menschen wie mich? War es ganz einfach, jemanden zu engagieren, den eigenen Protest von jemand anderem ausleben zu lassen, ihn dafür zu bezahlen?

Ich musste dringend im Internet recherchieren und dort auch die Geschichte des alten Mannes, die seines Liebhabers Iran überprüfen.

Mette sah mich nicht an. »Du willst also Clarissa heiraten. Aber du liebst sie nicht.«

»Ich mag sie. Sie sieht gut aus, ist nett und vor zweihundert Jahren war die Liebe auch noch ein Störfaktor bei der Heirat. Da wurden solche Angelegenheiten noch von den Eltern arrangiert.«

»Da ging es dann meist um Geld. Vielleicht gar nicht so schlecht.« Wieder betrachtet sie die Sitzfläche neben mir, als hätte ich da einen Fleck hinterlassen. Ich erhob mich, um zu beweisen, dass da nichts war, strich das Polster glatt und setzte mich wieder. Dann verstand ich, was sie eigentlich fragen wollte. Mette wusste alles über mich, nur wie ich mein Geld verdiente, das wusste sie nicht, dass wusste keiner, durfte keiner wissen. Zwar nahm ich nur Aufträge an, wenn ich überzeugt war, meine Auftraggeber seien im Recht, weil es den Personen, auf die sie wütend waren, an Moral und Menschlichkeit fehlte. Aber der Mangel an Empathie war in einer Gesellschaft weit verbreitet, in der es nur darauf ankam, sich über andere zu erheben, Macht auszuüben und einander zu übervorteilen. Genau deshalb stieß ich auf Unverständnis, wenn ich von meiner Tätigkeit erzählt hätte. Manchmal sagte ich, ich hätte geerbt, wäre freier Texter für Werbeagenturen, oder meine Mutter würde mich noch finanzieren. Mit über dreißig! Meine Mutter hatte zwar in meiner Kindheit ein Konto für mich eingerichtet und die Summe darauf regelmäßig erhöht. Es war zum Leben allein nicht genug, aber die Dividende trug dazu bei.

»Ich …«, begann ich und wollte etwas von einem kleinen noch zu gründenden Laden erzählen. Ein kleines Geschäft. Nur, was ich dort verkaufen würde, wusste ich noch nicht. Ich kürzte alles ab: »Es reicht für zwei.«

Mette schüttelt den Kopf. »Du sagst, du wüsstest nicht, was Liebe ist. Da tut mir Clarissa leid. Du wirst sie gefälligst nicht heiraten. Sie hat etwas Besseres verdient.«

»Etwas mit Liebe?«

Sie nickte.

»Wo ist der Unterschied?«

»Das genau ist der Unterschied.«

»Nein, nein, nein, so geht das nicht. Du hängst einer romantischen Vorstellung nach, die nichts mit der Realität zu tun hat.« Ich folgte meinem Zeigefinger – sah in Gedanken den Käfer von heute Morgen auf seiner Kuppe starten – dann neigte ich mich vor. »Liebe ist gerade falsch für eine dauerhafte Verbindung. Liebe verschwindet, aber ein Vertrag bleibt ein Vertrag. So entstehen haltbare Verbindungen.«

So hätte ich wahrscheinlich mit Almut reden müssen – damals vor fünf Jahren. Ich fragte mich, ob sie Ja gesagt hätte, wenn ich meinen Vorschlag zusammenzuleben, so begründet hätte. Ich muss sie noch einmal treffen, um ihr diese Frage zu stellen. Damals hatte ich immer erwartet, sie würde mich fragen. Sie war schließlich die dominante Person in unserer Beziehung. Sie hätte fragen müssen!

»Du bist ein gefühlloses Monster.« Mette setzte sich neben mich und griff nach meiner Hand. »Was suchst du? Eine Haushälterin?«

»Über die Hälfte aller Ehen werden wieder geschieden.«

»Warum willst du dann überhaupt heiraten?«

»Weil ich das Gefühl habe, es fehlt mir was. Weil ich mit Ende dreißig in einem Alter bin, wo man so was macht. Weil ich mich ja vielleicht richtig verliebe, wenn ich erst mal verheiratet bin. Ich denke, ich muss es einfach mal ausprobieren. Vielleicht liebe ich Clarissa ja?«

»Ausprobieren?!« Mette stand auf, ging ans Fenster und sah den kopfschüttelnden Bäumen zu.

Es waren Birken. Jeder weiß, dass Birken sich immer zuerst ansiedeln und über alles in ihrer Umgebung die Köpfe schütteln.

»Also gut«, sagte Mette. »Wenn du es nur mal ausprobieren willst, stelle ich mich zur Verfügung. Sagen wir, wenn sich nach vier Wochen keine Liebe einstellt, lösen wir die Sache wieder auf.«

»Was?« Es dauerte einen Augenblick, bis ich begriff. Ich hätte gern ihr Gesicht gesehen, aber sie drehte sich nicht um. »Du willst mich heiraten?«

»Ein bisschen.«

»Ein bisschen?«

»Wir tun nur so. Mit Vertrag natürlich und einer kleinen nicht öffentlichen Zeremonie mit den engsten Freunden.« Jetzt drehte sie sich um und ich sah an ihren zusammengepressten Lippen, sie meinte es ernst.

»Aber … Wir würden zusammenleben müssen, einkaufen, Essen kochen, sauber machen und … und du musst jeden Tag mit mir schlafen …«

»Montags und dienstags nicht. Wir werden einen Vertrag haben.«

»Du würdest das wirklich tun? Eben noch hast du mich als gefühlloses Monster bezeichnet, und wahrscheinlich hast du recht.«

Sie nickte. »Es ist ja nur ein Test.«

»Hör mal, ich mag dich sehr gern, aber liebe ich dich? ... Vielleicht schon ...«

»Was ja zu beweisen wäre.«

»Und du weißt viel zu viel über mich.«

»Das müsste von Vorteil sein.«

Ich dachte an die vielen Male, bei denen ich Mettes Rat suchte, wenn mich eine Frau interessierte und ich ihr meine Unfähigkeit, mich zu verlieben, offenbart hatte. »Du würdest das wirklich tun?«

»Ja.« Sie löste sich vom Fenster, kam zu mir und setzte sich wieder neben mich. Sie kam so nah, als wollte sie mich küssen. »Machen wir einen Vertrag.«

Ich sah sie nicht an. »Du meinst das ernst.« Vielleicht liebte sie mich, und ich hatte es nie bemerkt.

»Ja. Du hast doch genug Geld für ein solches Experiment. Du musst es finanzieren.«

»Ja, natürlich.«

»Eine kleine Zeremonie, ein kleines Fest muss schon sein.«

Plötzlich begriff ich, was sie vorhatte. »Und bei dieser kleinen, hoffentlich nicht öffentlichen Zeremonie wäre natürlich Clarissa dabei?«, fragte ich.

»Ja.«

Erst jetzt drehte ich mein Gesicht in ihre Richtung. Zwischen unseren Nasen war nur zweifingerbreit Luft. »Gib zu, du tust das nur, um Clarissa vor mir zu schützen.«

Ihre Antwort war ein Lächeln, bei dem sich die Augen mehr als üblich verengten.

»Sie soll nicht dem kaltherzigen Löwen zum Fraß vorgeworfen werden, stimmt's?«

»Küss mich, Löwe«, hauchte sie.

Ich wollte nur ihre Lippen berühren, aber ihre dänische Zunge forderte meine, wollte mir einen Vorgeschmack geben auf dänische Lakritz mit Pfefferminz und Schokoladenüberzug. Und ihre Hand tastete an meinem Hals, als suchte sie das Verfallsdatum. War ich todgeweiht? Lebte ich nicht mal mehr vier Wochen? Suchte sie den Drehknopf, um meine Emotionen einzuschalten? Oder liebte sie mich wirklich?

Plötzlich stieß mich Mette von sich. »Und jetzt geh nach Hause und formuliere den Vertrag. Wie gesagt montags und dienstags nicht. Jeder behält seine eigene Wohnung.«

Sie meinte es ernst.

Schon im Treppenhaus fing ich an, die Großartigkeit ihres Planes zu begreifen. Stufe für Stufe auf dem Weg zur Erdoberfläche verstand ich die Idee als mir vollkommen angemessen, als aus meiner Lebenshaltung geboren. Ich rettete Clarissa vor mir. Vielleicht war das die wahre Liebe, eine Frau nicht zu heiraten.

Eine Idee, die mich überzeugte, bis ich draußen auf der Straße die blonde Frau mit der orangefarbenen Fahne als Kleid wiederentdeckte. Ungewöhnlich, dass sie es schon wieder trug. Passend zur Farbe ihres Kleides stieg sie in ein gelbes Auto, legte die große Menge an Stoff über ihren Knien zusammen, erst dann schloss sie die Tür und startete den Wagen. Ich hatte sie in letzter Zeit mindestens zweimal gesehen, sie wohnte wohl in der Nähe. Und bei ihrem Anblick dachte ich an Almut, ihre gegenteilige Kleidung. Eher Mann als Frau, vollkommene Unauffälligkeit. Und ich als Unsichtbarer. Wir passten zusammen. »Wenn du stillstehst, verschmilzt du mit der Umgebung«, hatte Almut gesagt. »Du wirst zur Hausmauer, zum Baum oder Busch. Wenn du daraus keinen Vorteil machst, weiß ich auch nicht …«

Ich sollte nachforschen, wo Almut heute lebte, um ihr mitzuteilen, dass ich diese Eigenschaft benutzte. Aber ich glaubte, dass ich mich bezahlen ließ für mein Engagement, würde ihr nicht gefallen.

Die blonde Frau fuhr aus der Parklücke, ich versuchte, ihr zuzulächeln. Sie gefiel mir. Natürlich sah sie mich nicht. Ich könnte mich vor den Kühler ihres Wagens stellen, sie würde mich überfahren.

»Wissen Sie, Herr Polizist, er sah aus wie ein Stück Straße.«

6. Kapitel

Achtung, das Tragen einer Sonnenbrille führt zur Personenkontrolle!

Etwa 300 Konzertbesucher hatten sich eingefunden. Die beste Tarnung war immer eine Menschenmenge. Noch. Denn die Zahl der Videokameras nahm zu, und die Computer waren kurz davor, mit einem Gesichtserkennungsprogramm jeden einzelnen innerhalb von Sekunden zu identifizieren, Listen aller Besucher zusammenzustellen. Dann war Schluss mit dem Versteck in der Menge. Nicht erkannte Menschen würden als besonders verdächtig herausgefiltert und extra abgespeichert werden. (Achtung, das Tragen einer Sonnenbrille führt zur Personenkontrolle!) Da die meisten Menschen fürchteten, ermordet oder wenigstens beraubt zu werden und sie sich außer Seitensprüngen und Unmenschlichkeiten wie Mitleidlosigkeit und Übervorteilungen nichts zuschulden kommen ließen, waren sie nicht nur mit ihrer Überwachung einverstanden, sondern sahen sie als permanentes Alibi ihrer Unschuld.

Die Band auf der Bühne interessierte mich nicht. Ich machte mir nichts aus Musik. Sie spielte laut, um die Gespräche der Zuschauer zu übertönen. Die meisten Konzerte dieser Art waren nur Treffpunkte für Jugendliche auf Partnersuche und um sich mit anderen zu vergleichen. Die Musik war nur Beiwerk, war von Vorteil, weil sie den Sprachlosen ermöglichte, stumm zu bleiben. Hatten sie dann einen Partner gefunden, stellten sie später im stillen, gemeinsamen Wohnzimmer den Fehler des anderen fest, keine sinnvollen, zusammenhängenden Sätze von sich zu geben. Sie trennten sich wieder oder schalteten den Fernseher ein, damit gar nicht erst miteinander geredet werden musste.

Ich blieb hinten am Rand der Menge, trug wie immer zum Treffen mit diesem Auftraggeber eine schwarze Lockenperücke und eine Brille. Ich entdeckte ihn. Er war so vorsichtig wie ich. Ein Schlendern, als triebe ihn der Zufall in meine Nähe. Er streckte den Arm zur Bühne aus, neigte mir den Kopf zu und sagte: »Musste das hier sein?«

Ich nickte und betrachtete seine große Nase, die zusätzlich einen Buckel hatte und deren Haken sich weit nach unten zog und Schatten auf die Oberlippe warf. Sein Gesicht war ein Festessen für die Identifikationsprogramme. Ich sah mich nach einer Videokamera um.

»Er ist tot«, brüllte er mir ins Ohr. »Was haben Sie getan?«

»Woher wissen Sie das?«

»Ich rief in seiner Firma an.«

»Ein Unfall.« Die Band spielte zu laut für lange Erklärungen.

»Dafür hatten Sie keinen Auftrag.«

Ich hob die Schultern. Er glaubte, ich hätte ihn nicht verstanden und wiederholte seinen Satz.

»Raus«, sagte er und zeigte Richtung Ausgang.

»Nicht gut.«

Er ging langsam zum Ausgang. Ich folgte. Der Vorraum nahm der Musik die hohen Frequenzen.

»Nicht gut, wenn wir zusammen gesehen werden«, sagte ich.

»Sie haben ihn umgebracht.«

»Sie hätten mir sagen müssen, dass er ein schwaches Herz hat.«

»Woher sollte ich das wissen?«

»Als sein Angestellter …«

Er versammelte drei scharfe Falten über der Nasenwurzel. Am Anfang hatte er sich mir als betrogener Lieferant des Weinhändlers vorgestellt. Hatte den Namen eines Lieferanten benutzt, der tatsächlich betrogen worden war. Nicht nur sein erster Auftrag, das Wort Ausbeuter in den Lack eines Geländewagens zu kratzen, hatte mich nochmals nachforschen lassen. Ich prüfte immer vorher, ob die Wut eines Auftraggebers berechtigt war. Bei der zweiten Recherche suchte ich sein Foto. Mit seiner Nase war es einfach, ihn zu finden – auch ohne Computerprogramm. Er war Geschäftsführer einer der Weinläden. Eine Woche später gab er mir den Auftrag, den Wagen seines Chefs abzufackeln. Er bezahlte mich nicht wie üblich im Voraus, da er erst einen Sparvertrag kündigen müsse. Nachträglich versuchte er, um die vereinbarte Summe zu handeln und zahlte nicht alles. Als keine Verhaltensänderung bei seinem Chef eintrat, schlug ich vor, die Fassade des Hauses mit Farbbeuteln zu bewerfen.

»Für die letzte Aktion kriege ich noch Geld.«

»Für seinen Tod zahle ich nicht.« Er schob die Lippen vor, als wollte er mich küssen, dann ging er mit schnellen Schritten davon. Eine Geste, die mich an das Verhalten meiner Mutter erinnerte. Bei ihr standen Geste und Wort oft im Widerspruch. Ich hatte gelesen, dass das Schizophrenie auslösen konnte. Vielleicht war mein Verhalten, zwischen Ratio und Emotion umschalten zu können, psychopathologisch.

Daniel, der sich im Hintergrund gehalten hatte, öffnete die Tür zum Konzertsaal, durch deren Spalt er uns beobachtet hatte. Er kam gebückt, den Kopf zwischen den Schulter versenkt, mit fast auf den Boden reichenden Armen zu mir. Der Glöckner von Notre Dame.

»Er schuldet mir Geld. Ich glaube, ich muss etwas als Rückversicherung bei ihm zu Hause lagern.« Ich sprach leise und hoffte, es würde im Lärm der Band untergehen.

Daniel wischte sich mit beiden Händen die schulterlangen Haare aus dem Gesicht. Er legte die Stirn in Falten und die Zunge auf die Unterlippe und hechelte, war wieder Schäferhund mit geringem Verstand. »Was hast du gesagt?«

»Ach nichts. Bedeutungslos. Lass uns gehen, mir gefällt die Musik nicht, und sie ist zu laut.«

»Die Musiker sind wütend, man weiß nur nicht, auf was. Oder verstehst du die Texte?«

Ich schüttelte den Kopf.

»Lass uns zu Clarissa in die Bar gehen.«

7. Kapitel

Sie können da ruhig einbrechen.

Noch in der gleichen Nacht packte ich drei der Farbbomben mit der gleichen Farbe, die ich beim Weinhändler benutzt hatte, ins Auto und fuhr los, um sie bei meinem Auftraggeber zu deponieren, damit er möglicherweise als Täter identifiziert werden konnte. Es gab hinten in seinem Garten ein kleines, unbewohntes Hundehaus. Das ideale Versteck.

Doch während der Fahrt wurde ich langsamer. Die Leiche des Weinhändlers hatte Gewicht.

Ich war der Verursacher seines Todes.

Hinzu kam, eine Freundin bot sich mir als Geliebte an, um eine andere Frau vor mir zu retten. Meiner Eitelkeit gefiel das, aber ich konnte ihren Vorschlag nicht nachvollziehen. Er hatte nur Sinn, wenn mich Limette liebte, ohne mir das bisher signalisiert zu haben.

Wenn sie mich nicht liebte und wirklich nur Clarissa vor mir retten wollte, hatte ich mich, ohne es zu bemerken oder willentlich zu steuern, tatsächlich in ein Monster verwandelt.

Ich erinnerte mich an die Aussage eines Mörders, er wisse nicht, wie es dazu gekommen, was der Tat genau vorausgegangen sei. Es gebe keinen Zweifel, er sei der Täter, aber an den Auslöser der Tat, ebenso wie an die Tat selbst, könne er sich nicht vollständig erinnern. Es gebe blinde Flecken. Er habe sich selbst nicht vollständig beobachten können. Er schließe daraus: etwas habe Macht über ihn gehabt, das nicht er selbst sei.

Wahrscheinlich hatte dieser Mann etwas zu fassen bekommen, das uns alle steuert. Wir standen unter dem Einfluss von etwas Fremdem. Wie konnte es sonst sein, dass wir unsere Umwelt so gestalteten, dass sie bald unbewohnbar, unbehausbar sein würde, dass es keine Flucht mehr daraus gab, keinen Weg ins Freie?

Was den Menschen steuerte, musste also sehr viel kleiner sein als wir, denn ihm war noch weniger Überblick eigen. Vielleicht bestimmten Bakterien über unser Leben, Viren oder Parasiten, wie ich es einmal in einer Zeitschrift gelesen hatte. Sie konnten kaum über uns hinausblicken. Und je nachdem, wie sie unseren Körper gerade beeinflussten, waren wir böse oder gut. Parasiten entschieden, wohin sich die Menschheit entwickelte. Sie saßen schon in unseren Gehirnen. Sie waren die wahren Außerirdischen. Halt, von den Aliens erhofften wir doch, durch deren weiterentwickelte Technik, die Rettung der Erde. Es musste doch im Weltall schon mal Lebewesen gegeben haben, die kurz vor der Selbstvernichtung standen und sie überwunden hatten?

Welche Kleinstlebewesen steuerten mich? Warum ließen sie zu, dass ich zwischen dem ausschließlichen Betrieb meiner rechten oder linken Gehirnhälfte wählen konnte.

Jemand hupte hinter mir. Ohne, dass ich es bemerkte, hatte sich das Tempo meines Wagens immer mehr verringert. Es war der Beweis.

Die Wesen in mir gaben Gas. Steuerten meine Gedanken mit der Idee, in eine menschenleere Gegend zu fliehen. Einen Neuanfang zu wagen. Keine Vergangenheit würde mich belasten. War das möglich? Oder würde ich mich in meine an Alzheimer erkrankte Mutter verwandeln.

Aber gab es noch einen anderen Notausgang als jenen der Demenz. Vor hundertfünfzig Jahren hätte ich noch in ein fernes Land auswandern können, meine Vergangenheit auslöschen und mit neuem Namen und neuen Zielen neu beginnen können. Heute aber waren die Strukturen auf der Erde so perfekt, dass ich meine Identität und Vergangenheit überall mit mir herumschleppen musste. Keine Flucht war mehr möglich.

Ich war in der Siedlung in der Nähe des Flughafens angekommen. Wieder gab ich mir die Silhouette einer Frau. Almut. Ich kannte einen Weg hinter den Häuserreihen mit Zugängen zu den Gärten. Keine Laternen, aber heute schwamm im Aperitif des Himmels mitten im Polizistenblau eine leuchtende Zitronenscheibe als Mond.

Ich wusste alles über den Angestellten des Weinhändlers. In seinem Haus wohnte die Angst. Regelmäßig gingen auch des Nachts Lampen an und verlöschten wieder. Außenlichter schalteten sich selbst bei vom Wind bewegten Büschen ein. Die Nachbarn beschwerten sich regelmäßig darüber. An Türen und Fenstern glommen rote Augen einer vermeintlichen Alarmanlage. Vorn und hinten am Haus waren die Attrappen von Videokameras montiert. Und hinten täuschte die Hundehütte neben der Terrasse einen großen Hund vor.

Beim Überklettern des Gartenzauns riss einer meiner Latexhandschuhe am Handrücken auf. Kaum hatte ich den Zaun überwunden, schalteten sich die Strahler am Haus ein, gaben den Büschen und Bäumen tiefe Schatten, die ich mehr zu meinem Schutz nutzte als dass sie mich verrieten. Ich platzierte die Dose mit der schwarzen Farbe, einen Trichter, eine Handvoll Ballons und unbenutzte Latexhandschuhe im hinteren Bereich der Hundehütte unter dem Stroh. Mit dem Auffinden der Utensilien zur Herstellung von Farbbomben wäre seine Schuld bewiesen.

Vorn unter dem Stroh stieß ich auf einen Metallring, ich zog daran und wäre fast umgefallen, denn die Hundehütte fuhr zurück. Ein Holzkasten öffnete sich. Eine wasserdichte Plastikdose mit einer Pistole und einer Schachtel Patronen lag darin.

Was hatte der Mann vor? Wenn er so viel Angst hatte, warum bewahrte er die Pistole nicht im Haus auf?

Ich schob die Hütte wieder über die Vertiefung, bis sie einrastete.

In diesem Moment öffnete sich die Terrassentür des Nachbarhauses. Ein Mann trat hustend heraus. Zwei Hunde aus der Umgebung bellten zurück. Rasselnd sog er die Luft ein und zündete sich eine Zigarette an.

»Sie können da ruhig einbrechen«, sagte er, hustete erneut mehrmals und spuckte Schleim aus, fluchte über sein Asthma. Dann sog er tief an seiner Zigarette. »Der Kerl ist nicht da und die Alarmanlage ist nicht echt.« Er unterstrich jedes Wort mit einer Qualmwolke. »Es geschieht ihm recht.«

Ich duckte mich zu einem großen Tier, huschte knurrend als Leopard durch die Büsche und sprang als Gazelle über den Zaun.

»Dann eben nicht«, hustete der Mann.

8. Kapitel

Ich warf mich aufs Bett und wusste, die Matratze würde sich davon nicht mehr erholen.

Durch dunkle Augenringe betrachtete ich den Himmel. Hinter dem Horizont lauerte die Sonne, die Wolken flüchteten in großer Eile Richtung Westen. Bloß weg. Ich sollte es ihnen nachmachen, doch meine Flügel waren verbrannt, und mein Entenbauch hing schwer herunter, hielt mich am Boden.

Ich warf mich aufs Bett und wusste, die Matratze würde sich davon nicht mehr erholen. Wenn ich jetzt einschlief, verlor sie unter mir an Substanz, bis ich mit dem Abdruck der einzelnen Leisten des Lattenrostes im Rücken erwachte. Ich versuchte wieder einzuschlafen, aber der Gedanke, dass ich schuld am Tod eines Menschen war, hielt mich wach. Auch meine Fähigkeit, mich unsichtbar zu machen, hatte ich verloren. Es konnte nicht anders sein. Es war schon einmal passiert, dass mich jemand beim Einwerfen einer Schaufensterscheibe entdeckte. Zum Glück ein Sympathisant. Jetzt war es zum zweiten Mal geschehen. Wenn meine Tätigkeit aufflog, wenn herauskam, dass ich mich dafür bezahlen ließ, würde mir mein politisches Engagement niemand mehr abnehmen. Ich bekämpfte die Ungerechtigkeiten mit kapitalistischen Methoden. Wenn Almut noch bei mir wäre, wenn sie von allem wüsste, könnte sie mir vielleicht den theoretischen Unterbau liefern. Ich musste sie finden!

Drei Stunden später schlug ich die Augen auf und spürte Schmerzen an allen Knochen meines Skeletts. Ich duschte und schleppte mich zu Clarissa in die Bar. Sie betrachtete mich und schwieg. Sie wusste, ein fröhliches »Guten Morgen« hätte meine Lage verschlimmert. Sie ließ stattdessen die Kaffeemaschine umso lauter sprudeln und zischen, um meinen Milchkaffee zuzubereiten. Ich setzte mich an einen Tisch am Fenster.

Clarissa brachte mir das Glas. Am Rand der Untertasse lag nicht nur ein Keks, sondern auch ein Stück Schokolade.

»Dieser Gandalf«, sagte ich, räusperte meine Kehle frei und ergänzte dann: »Was ist das für einer?«

Sie hob die Mundwinkel, dann die Schultern.

»Ich war eifersüchtig auf ihn«, erklärte ich. »Jedenfalls nehme ich an, dass das Eifersucht war.«

Sie neigte sich zu mir, schob meinen Kaffee hin und her und flüsterte: »Er ist hier.«

Ich sah mich um. Erst jetzt entdeckte ich ihn. Er saß tief in einer Ecke des Raums und beugte sich nicht wie die anderen über seine auf dem Tisch liegende Zeitung, sondern hielt sie sich vor das Gesicht.

Der blonde Riese erhob sich im gleichen Moment und kam an meinen Tisch. »Bin ich Gesprächsthema?« Er faltete seine Zeitung sorgfältig zusammen und setzte sich mir gegenüber.

»Darf ich mal?« Ich langte nach der Zeitung.

Er nickte, und ich faltete sie wieder auseinander, bis das in der Mitte der Zeitung herausgerissene Loch sichtbar wurde, das ich vorher schon bemerkt hatte. »Wie aus einem Kriminalfilm für Kinder.«

»Funktioniert immer noch.«

»Warum?«

»Das Leben ist gefährlich.« Für einen Moment wusste ich nicht, ob er mich mit dem einen Auge ansah oder mit dem anderen Clarissa folgte, die ihre Mundwinkel herabzog und hinter den Tresen ging. Wahrscheinlich konnte er beides zugleich sehen.

»Sind Sie Privatdetektiv?«

»Ertappt. Aber diesen Begriff benutzt man heute nicht mehr. Privater Ermittler heißt das.«

»In wessen Auftrag und warum?«

»Sie kennen doch die Regeln.«

Ich nickte. »Aus zweitrangigen Filmen.«

»Sie stimmen trotzdem.«

»Aber da Sie diese Bar zu Ihrer Lieblingsbar machen wollen, muss die Person, die Sie überwachen, hier häufig Gast sein.«

Er spitzte die Lippen und schob seinen Mund hin und her, als suche er noch einen festen Platz dafür in seinem Gesicht. Eine Mimik, die gut zu seinen Augen passte.

»Habe ich recht?«

Er antwortete nicht, sondern rutschte von einer Seite des Stuhls auf die andere. Mir fiel ein, dass vielleicht nichts an seinem Körper symmetrisch war, er also auch eine kurze und eine lange Arschbacke besaß. Alles schielte. Kein Stuhl passte. Sein Gesicht unterstützte die These. Die rechte Hälfte war breiter als die linke. Alles, was der Mensch zweimal besitzt und annähernd gleich ist, war bei ihm unterschiedlich. Größe und Form der Augen, die Ohren, eins lang, eins rund. Nirgends Harmonie. Ich war mir sicher, was Clarissa beeindruckte, war seine Stimme mit einem Timbre, wie es ein Baum hätte, wenn der sprechen könnte.

»Gut kombiniert. Nun ja, ich kann es nicht leugnen.« Eine alte Eiche, die sich leicht vom Wind schaukeln ließ.

Er stand auf, schob den Stuhl an den Tisch, zum Zeichen, dass er gehen wollte, oder ihm das Gespräch nicht gefiel. Er ging zum Tresen und zahlte, wobei er nach dem linken Oberarm Clarissas griff als Geste des Abschieds.

Kaum hatte sich die Tür hinter ihm geschlossen, wurde sie wieder aufgerissen und Daniel stürzte herein, sprang zum Tresen, bemerkte mich, machte kehrt und stützte sich mit krummen Vorderbeinen auf meinen Tisch als wollte er gleich hinaufspringen, um mir das Gesicht zu lecken. »Hast du ihn eben gesehen, diesen Gandalf?«

»Ging gar nicht anders.«

»Weißt du, wer das ist? Das ist ein Zivilbulle. Ich bin ihm neulich nachgegangen. Und da war einer aus der Autonomen Szene, der zog vor ihm die Mütze und verbeugte sich tief. Die totale Ironie. Und ich hab den gefragt, wer das sei.«

»Mir hat er gesagt, er sei Privatdetektiv.«

Wir blickten zu Clarissa. Die Flaschen klapperten hinter ihr. Sie hatte ihren Unterkörper weit nach hinten gestreckt, um sich mit beiden Ellbogen auf den Tresen zu stützen und ihren Kopf in der Schale ihrer Hände zu halten. Eine Haltung, bei der ihr gelbrot gemustertes Kleid ihrem Hintern seine volle Gestalt gab. Ein wenig zu viel. Plötzlich konnte ich genau sagen, was mich an ihr reizte. Zuerst fing sie die Männer mit ihren grünen Augen unter dem dunkelroten Haar ein. Aber das war nur eine Art Auftakt. Als Nächstes entdeckte wahrscheinlich jeder, dass sie dem gängigen Schönheitsideal nicht entsprach. Sie war nicht schlank, hatte kein symmetrisches Gesicht. Ganz gegen die Modegesichter fiel ihr Mund zugunsten eines ausgeprägten Kinns zurück. Das alles wurde unwichtig, verschwand unter ihrem Blick. Er sagte jedem Mann: Ich umarme dich gleich und lass dich nicht wieder los. Wenn ich bedachte, dass die Models auf den Laufstegen die Mimik der schlecht gelaunten Frau als zeitgemäßen Ausdruck vorgaben, etwas sehr Seltenes.

»Macht euch keine Gedanken, Gandalf ist meinetwegen hier«, sagte sie und schwenkte ihren Hintern.

Daniel richtete sich auf, versuchte, eine gerade Haltung mit ausgeprägter Brust und eingezogenem Bauch einzunehmen, um sich als potentiellen Partner in Erinnerung zu bringen.

Ich stand auf, kam mit meinem Kaffee zu ihr. »Du wirst dich doch nicht etwa mit dem einlassen?«

»Keine Sorge. Niemals.« Sie nahm eine Hand vom Kinn und malte mit dem Finger eine Figur aus einer Wasserpfütze auf dem Tresen. »Und wie ist es mit dir?«

»Ich?«, fragte Daniel. »Ich bin doch nicht …«

Sie schüttelte den Kopf. Sie hatte mich gemeint. »Du meinst, er ist schwul und hat es auf mich …?« Ein bewusst herbeigeführtes Missverständnis.

»Quatsch. Könnte doch sein, dass er dich überwacht.« Sie senkte den Blick, um die mit dem Finger auf den Tresen gemalte Figur zu betrachten und eine kleine Korrektur anzubringen.

Ich ging zurück zu dem Tisch, rutschte an die vordere Kante des Stuhls, um die Beine weit unter den Tisch strecken zu können, und blies die Luft durch Pferdelippen. Ich hob die Hände über den Kopf. »Ich bitte euch, warum sollte mich einer überwachen?«

Clarissa schnaufte.

9. Kapitel

Eine Schublade für Männer.

Ich fuhr zu Limette aufs Sofa. Der Zettel mit meinem Vertragsentwurf war zerknittert. Ich glättete ihn mit der Handkante. Die Birken vorm Fenster standen still, leicht zum Fenster geneigt, und hielten den Atem an.

Limette kam mit der Teekanne aus der Küche. Schon Braut, ganz in Weiß. Weiße Hose, weißes T-Shirt, das die bleiche Haut der Schultern zeigte – leicht gelblich, in Tee gebadet – und der gelbe, dicke Haarschopf machten aus ihr ein Streichholz, das es zu entzünden galt. Typisch männliche Sichtweise.

Sie schenkte den glühenden Tee ein, setzte die Kanne ab und ich schob ihr den Vertragsentwurf hin. Ganz nebenbei fing ich mit dem Finger einen am Ausguss der Kanne herablaufenden Teetropfen, bevor er das weiße Tischtuch erreichen konnte.

»Danke«, sagte Mette.

Ich verrieb den Teetropfen zwischen den Handflächen. »Es gibt Frauen, die schwören darauf, in Tee zu baden.«

»Natürlich. Ich mache das immer. Es macht schöne Haut.« Sie lächelte, wahrscheinlich in Erinnerung an ihr letztes Bad. »Gestern erst.«

Ich hatte recht mit meiner Vermutung. »Und färbt der Tee nicht auch die Wanne?«

»Es ist unerheblich mehr Arbeit.« Sie schüttelte ihr Haar. Es fegte den Staub von den Schultern. Dann senkte Mette den Kopf, um halblaut zu lesen: »*Vertrag. Die Vertragschließenden Limette und Holm wollen für vier Wochen ein eheähnliches Zusammenleben ausprobieren. Wobei Limette das Recht hat, sich montags, dienstags und mittwochs zu verweigern. Ziel ist es, zu erfahren, ob beim Zusammenleben Liebe entstehen kann. Alle Kosten des gemeinsamen Lebens werden von Holm getragen. Bei der Feststellung unüberbrückbarer Gegensätze kann der Vertrag von jeder Seite mit sofortiger Wirkung gekündigt werden, ohne, dass daraus eine Schuld für die Zukunft abzuleiten wäre. Der Vertrag wird vor Freunden als Zeugen beurkundet und beginnt danach sofort.*«

Sie rutschte mit dem Körper nach vorn, um den Kopf hinten auf die Sessellehne legen zu können. Die Schwere der Gedanken. Sie betrachte die Zimmerdecke, dann kam sie wieder vor. Sie schüttelte leicht den Kopf, als müsste sie noch einmal mit der Bürste ihres Haars die Schultern entstauben. »Hatte ich auch zum Mittwoch Nein gesagt? Ich erinnere mich gar nicht ?«

Ich hob die Schultern. »Wie du willst.«

»Und du weißt, mein richtiger Name ist nur Mette. Das Li habe ich aus Spaß davorgesetzt.«

»Ich heiße auch nicht Holm. Es ist eine Verkürzung meines Nachnamens.

»Ich weiß.«

Woher wusste sie das? Hatte sie Erkundigungen über mich eingeholt.

Sie senkte wieder den Kopf über den Vertrag. »Ich hätte ein paar Vorschläge zur Verbesserung: Die Adjektive müssen raus. *Eheähnlich,* was ist das. Streichen wir ersatzlos. Und dann *unüberbrückbare Gegensätze,* was ist das? Es genügt, wenn der Vertrag mit sofortiger Wirkung jederzeit gekündigt werden kann. Und außerdem, der Satz mit dem Ziel muss raus.«

»Einverstanden. Und du bist wirklich dazu bereit?«

Mette lehnte sich wieder zurück und lächelte mich an. »Es gibt nur einen einzigen Menschen, mit dem ich es wagen würde, und das bist du.«

Ein Vertrag, der jederzeit gekündigt werden konnte, der keine Vertragsstrafen enthielt, war nichts wert. Andererseits schloss niemand sonst solche Verträge. Partnerschaftsverträge gingen normalerweise über viele Seiten und regelten jeden Besitz und Zugewinn bis ins Kleinste.

Ich äußerte meinen Verdacht: »Liebst du mich?«

»Vielleicht.« Sie sah mich nicht an, sondern stand auf, öffnete eine flache Schublade, in der Schreib- und Malstifte nach der Größe und der Farbe sortiert in einer Schale lagen. Vorn die kurzen, hinten die langen.

Ich begriff, dass ihr tägliches Leben aus Aufräumen und Ordnen bestand. Vielleicht gab es eine Schublade für Männer, in der ich demnächst abgelegt werden würde. Vielleicht war unser Zusammenleben ein Test, ob ich ihren Ansprüchen genügen würde. Möglicherweise ging es ihr wie mir, aus Verliebtheit war noch nie

Liebe geworden. So musste es sein. Ihr letztes Geheimnis. Es war die Ursache für die vielen Gespräche mit ihr und das große Verständnis, das sie mir immer entgegengebracht hatte. Sie war mir ähnlicher, als ich es gedacht hatte. Möglicherweise konnte sie – so wie ich – zwischen einer emotionalen und rationalen Betrachtungsweise wählen.

Ich überlegte, ob ich ihren Rat jemals wirklich gebraucht hatte, ob ich nicht immer, wenn ich zu ihr kam, schon wusste, wie ich mich verhalten wollte, und mir das nur von ihr bestätigen ließ.

Mit einem sehr kurzen Bleistift fuhr sie in dem Vertragstext herum und gab ihn mir zurück. »Und bitte in einer schöneren Form ausdrucken.«

Sie hatte mit den Adjektiven das Emotionale, das nicht Eindeutige herausgestrichen. Mir war es schwer gefallen, sie einzufügen. Limette war mir wirklich ähnlicher, als ich es bisher gedacht hatte.

»Natürlich. Ich formatiere den Text, mache eine richtige Urkunde daraus.«

»Sagen wir, in etwa zehn Tagen ein kleines Fest hier bei mir oder bei Clarissa in der Bar. Ich lade alle ein. Du zahlst.«

Ich hätte in so einer Situation Limette um Rat gefragt, ob das alles gut und richtig sei. Aber diese Rolle war ihr in diesem Fall nicht zuzumuten. Außerdem war ich sicher, sie hätte mir abgeraten.

Der Gedanke überforderte mich.

Ein Lächeln und ein Kuss schwebten als Luftballon vorbei. Ich wollte sie festhalten und griff ins Leere. Es war nur ein Versprechen für eine Zukunft.

Limette ging an mir vorbei bis zur Wohnungstür und öffnete sie weit für mich.

Ich vermisste einen Ausdruck ihrer Gefühlslage.

Sie bemerkte mein Zögern. »Hältst du es noch so lange aus?«

Ich nickte.

Zehn Tage, in denen ich Almut treffen musste.

Irgendetwas stimmte an Limettes Plan nicht.

10. Kapitel

Und danach gleich in Rente.

Schon auf dem Weg zu meinem Wagen löste sich mein Magen auf, auch alle anderen Organe bereiteten sich auf eine Flucht vor. Ich sah an mir hinab. Dort, wo früher mein Bauch gewesen war, befand sich ein großes Loch. Ich konnte durch mich hindurchsehen.

Vergeblich versuchte ich, den Schalter umzulegen. Er funktionierte nicht.

Almut musste mir sagen, worauf ich mich gerade einließ. Ihre Analysen waren immer treffend. Immer wieder fielen mir Sätze ein, die sie gesagt hatte. Aber für diese Situation gab es nichts.

Ich stieg ins Auto, drehte den Zündschlüssel. Der Motor sprang nicht an. Ich klopfte auf das Armaturenbrett. »Mach du mir nicht auch noch Probleme.«

»Es sind die Zündkerzen«, sagte der Wagen. »Und was ist es bei dir?«

»Ich werde mein Leben vollkommen verändern müssen.«

»Das Problem alter Autos: wenn sie in der Gegenwart keinen Wert mehr haben, verschwindet auch ihre Zukunft.«

»Ich könnte natürlich meine Gegenwart mit einer glücklichen Zweierbeziehung füllen, da wäre dann die Vision der Zukunft ewige Gegenwart.«

»Und danach gleich in Rente.« Der Wagen lachte. »Du willst wirklich mit dem privaten Glück das politische Engagement ersetzen?«

Ich hörte Almuts Stimme. »Machen das nicht alle so?«

»Der brave Bürger, wie ihn sich jede Regierung wünscht. Übrigens, unsere glückliche Beziehung droht gerade kaputtzugehen.«

»Du musst in die Werkstatt?« Ich sank im Fahrersitz zusammen.

»Ich registriere Trennungsgedanken.«

»Na ja, in jeder Beziehung kommt der Moment, wo man den Partner gegen etwas Jüngeres tauschen will.«

»Sprichst du schon von Mette?«

»Was willst du?«

»Du solltest etwas von deinem alten Leben retten«, riet der Wagen.

»Weiter Anzeigen aufgeben wie *Wutbürger will Wut ausleben.*« Da kamen zuverlässig die Anfragen anderer Wutbürger, ob ich jemanden gefunden hätte.

»Nein, du wirst eine neue Ebene finden. Versuch es jetzt noch mal mit dem Motor. Allerdings würde ich dir raten, nicht loszufahren.«

Ich richtete mich im Sitz auf und drehte den Zündschlüssel. Der Motor startete.

»Siehst du, nur Geduld. Wie gesagt, es wäre besser, du gehst zu Fuß.«

»Hör auf, mit Almuts Stimme zu sprechen.«

»Tue ich das? Bitte stelle den Motor wieder ab.«

»Was willst du?«

»Du darfst nicht fahren.«

»Ich fahre.«

»Selbst schuld.«

11. Kapitel

Hängen wir ihn am Laternenpfahl auf.

Ich war keine hundert Meter gefahren, als es krachte. Das Blech schrie. Ich wurde hin und her geworfen und stieß mit dem Kopf gegen die Seitenscheibe. Die Frontscheibe splitterte und regnete in kleinen Eisstücken auf mich herab.

Dann war Ruhe, nur das Blech knackte im Sekundenrhythmus einer Uhr.

Es dauerte genau sieben Sekunden, bis eine Frau aus dem Wagen sprang, der mich seitlich mit dem Heck gerammt hatte. Ihr Kleid flatterte wie eine orangefarbene Warnflagge an meinem Kühler vorbei. Sie öffnete meine Wagentür. »Sind Sie verletzt?«

»Nein.«

Ich stieg aus, sie umarmte mich. »Es tut mir so leid.« Sie küsste meine Wangen. »Bitte entschuldigen Sie. Sie haben bestimmt einen mächtigen Schreck bekommen.« Sie ließ mich nicht los. »Ich bin schuld.« Sie griff nach meinem Kopf und küsste mich auf den Mund. »Was habe ich bloß getan?« Erst jetzt ließ sie von mir ab und ging um das Auto herum, betrachtete den Schaden. Sie kam zurück, umarmte mich noch einmal. »Es sieht schlimm aus.«

»Wie ist das passiert?«

»Ich hab nicht aufgepasst, bin rückwärts vom Parkplatz runter und dann …« Sie atmete tief. »Hauptsache, Ihnen ist nichts passiert. Das wäre ein schrecklicher Gedanke.« Ihre Augen füllten sich mit Tränen.

Jetzt umarmte ich sie. »Dafür gibt es Versicherungen«, sagte ich.

»Richtig.« Sie löste sich von mir. »Ich muss das fotografieren.« Sie ging zu ihrem Wagen, kam mit einer Kamera zurück, ging um die beiden Autos und drückte mehrmals auf den Auslöser. Dann gab sie mir den Fotoapparat und lehnte sich mit dem Rücken gegen meinen Wagen. Sie schwankte, spreizte die Beine für festen Stand. Der Stoff ihres orangefarbenen Kleides spannte sich über ihren Schenkeln und bildete einen kleinen Bauch ab. Der große Rest des Stoffes diente ihrem Rücken als Polster. Sie blickte in den Himmel. »Ich glaube, ich werde ohnmächtig.«

Ich fasste sie am Arm und setzte sie auf meinen Fahrersitz. Sie sank zusammen, verlor tatsächlich das Bewusstsein.

Ein paar Zuschauer hatten sich versammelt. Eine Frau schleppte zwei Einkaufstüten heran und betrachtete die in meinem Wagen hockende Fahrerin. »Sie ist tot, nicht wahr. Ich habe es genau gesehen, Sie haben sie angefahren. Es war Absicht.«

Ich lächelte und verkniff mir einen Kommentar.

Ein Mann kam dazu. »Worauf warten wir, hängen wir ihn am Laternenpfahl auf. So muss man das machen, damit im Verkehr wieder Disziplin und Ordnung herrscht.«

»Augenblick.« Ich hob die Hände, dann beugte ich mich über die Frau auf meinem Fahrersitz, fasst sie an den Schultern, rüttelte sie. »Ich muss Sie leider aus dem Jenseits zurückholen, sonst schicken mich die Zuschauer dorthin.«

Sie schlug die Augen auf und sagte: »Oh.«

Ich sah den Mann an, der mich hatte hängen sehen wollen. »Genügt Ihnen zum Aufhängen auch ein Starterkabel. Das hätte ich im Kofferraum. Kommen Sie.« Ich ging nach hinten, öffnete die Heckklappe und zog das Starterkabel heraus. Ich gab es ihm. »Sie können schon mal eine Schlinge machen.«

»Was ist denn los?«, fragte meine Unfallgegnerin.

»Er meint, ich müsste aufgehängt werden, weil ich Ihren Tod verschuldet habe.«

»Aber es war doch umgekehrt.«

»Genau. Ich bin tot. Aber Richter Lynch hier ist vom Gegenteil überzeugt.«

Mir wurde wieder einmal bewusst, dass ich Teil einer Form der Selbstjustiz war. Mit dem Unterschied, dass ich für Verbrechen bestrafte, die nicht im Gesetzbuch standen. Es gab keine Anklagemöglichkeit, kein Gerichtsverfahren dafür.

Der Mann ließ das Kabel fallen und ging rückwärts zum Fußweg zurück. »Ich habe gar nichts gesagt. Ich meinte ja nur ... es sah so aus als ... na ja.«

»Oh je, ich war wirklich ohnmächtig. War ich lange weg? Das passiert mir immer, nach einer Phase der Hyperaktivität breche ich zusammen.« Sie hielt sich an der Dachkante des Wagens fest. »Ich glaube, ich muss mich wieder setzen.« Diesmal ging sie zu ihrem eigenen Wagen, um sich auf den Fahrersitz niederzulassen. Sie ließ die Beine draußen.

Ich folgte ihr.

»Am besten«, sagte sie, »ich fahre in die Parklücke zurück. Und Sie können daneben parken, falls der Wagen noch fährt. Sonst müssen wir zuerst einen Abschleppwagen organisieren. An der Ecke wäre ein Café, da könnten wir unsere Daten austauschen.« Sie rieb sich die Wangen. »Oh ja, ich fange schon wieder an, alles hektisch zu organisieren. Ich bin furchtbar. Wie sehe ich überhaupt aus?«

»Alles okay. Wunderbar.«

Sie drehte den Innenspiegel, um ihr Gesicht zu betrachten, und entdeckte etwas, das mir verborgen blieb. »Schrecklich. Ich sehe ganz entsetzlich aus.«

»Sie drehte sich wieder zu mir. »Los, probieren Sie, ob der Wagen noch fährt. Und dann dort in die Lücke auf dem Fußweg.«

Sie zog die Beine ins Auto, hob den Hintern, damit sie die große Menge Stoff auf ihren Knien zusammenlegen konnte.

Ich ging zurück. Der Wagen sprang an.

»Habe ich es dir nicht vorausgesagt?« Er sprach wieder mit Almuts Stimme. »Jetzt kannst du mich auf den Schrottplatz fahren. Mein Todesurteil. Das hat sie mit Absicht gemacht.«

»Bleib ruhig.« Ich fuhr langsam an, die Räder waren frei. Ich parkte neben der Frau ein.

»Lassen Sie nichts Wertvolles im Auto.« Sie zeigte auf die fehlende Windschutzscheibe. »Kann man damit überhaupt fahren?«

»Bis zur Werkstatt wird's schon hinhauen.«

Wir gingen zum Café.

»Ich bin Christian Holmeier. Alle nennen mich nur Holm.«

»Im Grunde eine schöne Art, sich kennenzulernen«, sagte sie. Sie hakte sich bei mir ein. »Ich bin Mia Peters. Ich mache das immer so, um einen interessanten Mann kennenzulernen: Ich fahre ihm einfach das Auto kaputt. Man hat sofort ein Gesprächsthema und muss gemeinsam ein Problem lösen. Das verbindet.«

»Hübsche Methode, bei der Autos endlich mal für den Fortbestand der Menschen eine Funktion hätten und nicht nur für ihren Untergang.«

12. Kapitel

Die Nase hatte ihren Glanz verloren.

Sie kam von der Toilette zurück, und ihre Nase hatte ihren Glanz verloren.

»Schade«, sagte ich, »die roten Flecke auf den Wangen und die glänzende Nase haben mir gut gefallen. Es passte alles gut zusammen, zum blonden Haar und orangefarbenen Kleid, als wäre es von einem Designer.«

»Danke.« Sie setzte sich an den Tisch, griff nach dem Glas mit dem Milchkaffee. »Wie wär's nach so vielen Komplimenten mit dem Du?«

Vorsichtig hoben wir unsere vollen Kaffeegläser und stießen an. Die beiden Schaumhauben küssten sich und wollten nicht voneinander lassen.

»Hast du das gesehen?«

»Man sollte immer mit Latte macchiato anstoßen.«

Das Fahnenkleid verbarg eine eingenähte Tasche, aus der sie Kfz-Papiere, Notizblock und Stift herausholte. »Ich schlage vor, ich rufe meinen Versicherungsagenten an, vielleicht regelt er alles für beide Autos.«

»Ich sehe dich jetzt zum dritten Mal, wohnst du hier in der Nähe?«

»Ich arbeite hier. Ich bin selbstständig mit einem Presse- und Recherchebüro. Ich teile mir Räume mit zwei weiteren Leuten.«

»Recherchebüro?«

»Na ja, wir machen alles.«

»Und jedes Mal, wenn ich dich gesehen habe, hattest du dieses Kleid …«

»Selbst genäht. Ich habe sieben Stück davon. Sie unterscheiden sich allerdings in den Farbnuancen.«

»Sieben?«

»Wenn man einmal festgestellt hat, was am besten zu einem passt …«

»Ein männlicher Standpunkt. Frauen versuchen jeden Tag, etwas anderes anzuziehen.«

»Okay, ich gestehe, ich bin ein Mann.«

»Wirklich?«

Mia lachte laut, bog ihren Oberkörper dabei weit zurück, sodass sich ihre Brüste abzeichneten. »Ich bin eine Frau, aber wohl keine gewöhnliche. Soll ich es dir beweisen?«

»Wie willst du das machen.«

»Ich hebe mein Kleid …«

»Hier im Café, in aller Öffentlichkeit?«

»Gut, anders, heimlich: Wir rücken zusammen und du kommst mit deiner Hand unter …«

»Nein. Das kann ich nicht.«

»Dann lebe weiter mit der Ungewissheit, ob ich eine Frau bin.«

»Ich bin auch so überzeugt.«

Sie lachte, telefonierte, verlangte meine Autopapiere, gab alle Daten durch und erklärte, wie und wo es zum Unfall gekommen sei und dass alle Schuld bei ihr liege. Sie deckte das Telefon mit der Hand ab und flüsterte mir zu: »Er regelt alles.« Dann sprach sie wieder mit dem Agenten, gab die Adresse des Cafés durch und legte auf.

»Also, es kommt gleich jemand von der Werkstatt, der gibt dir einen Leihwagen, den meine Versicherung bezahlt, und er nimmt deinen Wagen mit zur Reparatur.«

»Ich fürchte, der Wagen ist zu alt, es lohnt sich nicht mehr.«

»Das müsstest du mit der Werkstatt und der Versicherung …«

Ich schüttelte heftig den Kopf. »Nein, ich will ihn schon … es ist so – wie erkläre ich das jetzt, damit es nicht lächerlich klingt. Also mein Wagen ist ein Gesprächspartner. Ich rede mit ihm.«

»Du redest mit ihm. Das machen viele.«

»Ja, aber er gibt indirekt Ratschläge. Er wollte mich auch vor diesem Unfall bewahren.«

»Was hat er gesagt?«

»Er sprang nicht an.«

Mia hob den Kopf, nickte. »Verstehe.« Sie trank einen Schluck. »Hast du sonst niemanden, mit dem du reden kannst?«

»Doch, aber diese Freundin für Ratschläge und Gespräche will sich gerade in meine Ehefrau verwandeln.«

»Das ist schlecht.«

»Und wie ist es bei dir?«

»Bei mir sieht es auch nicht gut aus. Ich habe die Dreißig übersprungen, da ändert sich das Denken, was Partnerschaften anbelangt. Mein Problem ist, es gibt da einen, der hält mich für einen Mann und will nicht prüfen, ob ich nicht vielleicht doch eine Frau bin.«

Sie beugte sich vor, grinste mich über ihren Kaffee hinweg an. »Du findest mich schamlos?«

»Jedenfalls bin ich noch nie einem Menschen wie dir begegnet.«

»Was machen wir daraus?«

»Wenn meine Beobachtung stimmt, bist du diejenige, die immer alles in die Hand nimmt, organisiert und arrangiert.«

»Schreckt dich das ab? Weißt du, mir sind andere immer zu langsam.«

Die Tür des Cafés öffnete sich, ein Mann trat ein, schwenkte in der erhobenen Hand einen Autoschlüssel.

Mia winkte ihm. »Ich glaube, Sie wollen uns ein Auto bringen.«

Ich verabschiedete mich von Mia, ging mit dem Monteur zum Parkplatz meines Wagens und gab ihm den Schlüssel. Obwohl das Auto, das mir der Monteur überlassen hatte, im Parkverbot stand, ging ich noch einmal zurück zum Café. Ich hoffte, Mia wäre noch da. Aber ihr Platz war leer, der Tisch bereits abgeräumt.

Seit dem Gespräch mit Limette gelang es mir nicht mehr, den Schalter umzulegen, um meine Gehirnhälften zu trennen. Das Gefühl, das sich in meinem Brustkorb ausdehnte wie ein Luftballon, war vielleicht keine Liebe, aber etwas Ähnliches, auch mit Sehnsucht.

13. Kapitel

Ich falle niemandem zur Last – außer einem Beamten.

Leichtsinn im Leihwagen. Ich parkte direkt vor dem Haus meines Auftraggebers. Vielleicht sollte ich nicht nur alle vier Wochen ein neues Prepaid-Handy kaufen, sondern auch alle vier Wochen den Wagen, die Wohnung wechseln.

Ich klingelte, und er kam auf seinem Rollbrett zur Tür. »Ich habe Sie schon gerochen.«

Ich folgte ihm ins Wohnzimmer. Der schöne Iran saß in einem Sessel, sprang auf und gab mir mit leichter Verbeugung die Hand. Er trug ein T-Shirt ohne Ärmel. Vor und nach dem Händeschütteln ließ er die Muskeln seines Oberarms sich ausprägen als gelte es, mich von den Vorzügen eines männlichen Körpers zu überzeugen.

»Er hat vorgearbeitet«, sagte der Alte. »Iran hat gewartet, bis der Beamte Feierabend hatte, und ist ihm gefolgt. Auf diese Weise haben wir ja schon den Namen und die Adresse unseres unmenschlichen

Beamten bei der Ausländerbehörde herausbekommen. Jetzt haben wir auch seine Autonummer.«

Iran ging zur Wohnzimmertür und winkte. »Ich glaube, es ist besser, ich weiß nichts von dem, was ihr plant.« Er stieg in den ersten Stock hinauf.

Der Alte wartete, bis sich oben die Tür schloss. »Er denkt, wir wollen den Mann umbringen«, flüsterte er. »Ich habe über die Satelliten-Fotos gesehen, dass er in einem schmalen Reihenhaus wohnt. Es wird schwierig für Sie mit der Farbe. Ich akzeptiere es auch, wenn Sie die über das Auto … Sie wissen schon.« Er reichte mir einen Umschlag mit dem Geld.

Ich nahm ihn nicht. »Mein Problem ist, ich kann Ihre Geschichte nicht überprüfen. Es gibt nichts im Internet über den Beamten der Ausländerbehörde. Die Namen der Mitarbeiter tauchen nirgends auf.«

»Die haben Angst. Und der Grund dafür ist das demonstrative Unverständnis für die Situation von Ausländern, die hier leben. Was nicht in ihre Formulare passt, wird nicht berücksichtigt. Sie reduzieren ein Menschenleben auf ein paar Daten, ein paar Kennzeichen. Und danach wird entschieden. Die sogenannte individuelle Einzelfallregelung existiert nicht. Ich kann Ihnen ein paar Aussagen im Internet zeigen, die sich alle auf diesen Beamten beziehen. Ein Rassist.« Er rollte zu seinem Computer. In mehreren Blogs gab es Beschwerden über offensichtlich ein und denselben Beamten. »Alles anonyme Vorwürfe. Die Angst ist gegenseitig.«

Iran kam polternd die Treppe herunter und rief, er gehe in den Garten.

»Ich will mit ihm reden.«

Der Alte nickte, und ich folgte dem Gärtner. Er besprühte einen Rosenstrauch. Er lachte, weil ich mir gegen den Sprühnebel ein Taschentuch vor den Mund hielt. »Es ist ein Sud aus Brennnesseln. Ich versuche es immer zuerst mit etwas Natürlichem.«

Während er sorgfältig die Rosenstängel besprühte, ließ ich mir von ihm die sich wiederholende Geschichte bei der Ausländerbehörde erzählen.

»Wir wäre es, wenn wir an die Öffentlichkeit gehen? Ein Artikel in der Zeitung?«

»Ein Bekannter hat das gemacht. Die Behörde verlangte von ihm einen Pass seines Geburtslandes, das er noch nie gesehen hatte und dessen Sprache er nicht sprach. Dann würde man ihn dulden. Wie sollte er sich einen Pass ausstellen lassen? Er konnte nicht einmal die Formulare der Botschaft lesen. Er wendete sich an die Presse. Ein Bericht erschien, und er wurde noch in derselben Nacht mit dem Flugzeug in sein angebliches Heimatland gebracht, das ihm völlig unbekannt war. Ich hab nie wieder etwas von ihm gehört.«

»Haben Sie einen Anwalt?«

»Ja, natürlich. Ich gebe Ihnen die Adresse.« Er zog eine Brieftasche heraus und gab mir eine Visitenkarte. »Das Problem ist, dass Rechtswege immer eine gewisse Zeit brauchen, innerhalb der ein Beamter vollendete Tatsachen schaffen kann. Wissen Sie, ich falle in diesem Lande niemandem zur Last, außer einem einzigen Beamten, der sich weigert, die Realität wahrzunehmen.«

Ich nickte, ging zurück zum Haus. In diesem Moment entdeckte ich den Weinhändler auf seiner Terrasse in einem Liegestuhl. Er lebte also. Mir wurde bewusst, was mein Auftraggeber mit der Todesnachricht hatte erreichen wollte: kein Honorar zu zahlen.

Der Alte erwartete mich am offenen Fenster.

»Ich dachte, der ist im Krankenhaus.« Ich deutete auf den Nachbarn.

»Nö, war wohl nicht so schlimm. Ist schon gestern wiedergekommen.«

»Mir hat man das Gegenteil gesagt.«

»Solche Menschen bringt nichts um.« Der Alte bat mich zurück ins Haus. Er saß in seinem Sessel, stöhnte. »Ich hätte da ja noch zwei Aufträge. Einmal wird meine Nichte von einem Stalker belästigt, dem würde ich gern mal unmissverständlich klar machen, dass er sich selbst schadet.«

Ich schüttelte den Kopf. »Bei den Stalkern zählt auch die negative Aufmerksamkeit als Erfolg. In solchen Fällen sehe ich keine Möglichkeit zum Handeln.«

»Das andere wäre ein Finanzberater, der für seine Kunden in einer Form Geld anlegt, die man nur Veruntreuung nennen kann. Es ist wie bei den Versicherungsverträgen. Die Provisionen sind so hoch, dass kaum Gewinn entstehen kann. Das Gesetz erlaubt es, die Moral verbietet es. Was sind das für Menschen, die sich so verhalten?«

»Dafür komme ich noch mal extra.«

Seit Beginn meines Jobs war ich von einem Wutbürger zum anderen weitergereicht worden. Nur zweimal hatte ich Kleinanzeigen aufgegeben, weil ich weitere Aufträge wollte. Bei Chiffre-Anzeigen konnte man sich gut anonym halten. Das letzte Mal war ich auf diese Weise auf den Angestellten des Weinhändlers gestoßen.

Sorgfältig recherchierte ich jeden Fall, den man mir übertrug. Ich benutzte zwei Tablet-Computer für meine Recherchen. Dazu klinkte ich mich in öffentliche Netze von Cafés ein. Hatte ich früher noch Bekenner-E-Mails über mehrere Server weltweit laufen lassen, um einer Rückverfolgung zu entgehen, benutzte ich heute vor allem die frei zugänglichen Computer in Hotelfoyers. Von dort war es einfach, neue E-Mail-Absender zu installieren, sie einmal zu benutzen und danach wieder zu löschen.

Ich nahm den Umschlag mit dem Geld des alten Mannes an mich. »Ach, sorgen Sie doch in dieser Nacht dafür, dass Iran nicht ausgeht. Besser noch, er ist mit jemandem zusammen, der als Zeuge gelten kann.«

»Verstehe.« Der Alte nickte.

Wenn ich einen Job ausführte, der Schäden hinterließ, wie zum Beispiel an einem Auto, gab ich den Auftraggebern einen Zeitraum vor, für den sie ein Alibi brauchten. Sie sollten nicht in den Verdacht geraten können, der Täter zu sein.

Ich verabschiedete mich. Der Alte brachte mich auf seinem Rollbrett mit zitternden Beinen zur Tür.

»Was machen die Gelenke?«

Er griff sich mit der Hand an die Oberschenkel. »Ja, was ich nicht bedacht habe, bei der stehenden Versteifung meiner Knie, ist der Verfall weiterer Gelenke und Muskeln. Immer öfter denke ich, ich sollte mir die Kniegelenke brechen und sie in Sitzposition neu versteifen lassen.«

»Das geht?«

»Notfalls mache ich es selbst. Ich war Arzt.«

14. Kapitel

Auch bloß eine Form der Trunkenheit.

Ich glaube, ich verbrachte die meiste Zeit in Clarissas Bar. Die Bar war mein Wohnzimmer. Es lag auch an meiner Wohnung. Seit ich Farbe gegen Fassaden schleuderte, hatte ich alles weggeworfen, was ein Hinweis auf mich sein könnte. Nicht einmal Lebensmittelvorräte besaß ich, also auch keinen Kühlschrank, keine Kaffeemaschine, keinen Müll. Mögliche Ermittler sollten nicht aus meinem Abfall meine Persönlichkeit rekonstruieren können. Ich frühstückte bei Clarissa und aß in Imbissen und Restaurants zu Mittag und zu Abend. Meine Jobs brachten genug ein. Bei meinem letzten Umzug hatte ich alle schweren Möbel verschenkt oder zum Recycling gebracht und gegen transportable Camping-Möbel ausgetauscht. Die Wohnung eines Menschen, der sich auf der Flucht befindet. Mein Ehrgeiz war es, alles innerhalb einer Stunde packen und abtransportieren zu können.

Wenn akute Gefahr drohte, konnte ich alles zurücklassen. Es gab keine Wertgegenstände, keine Erinnerungsstücke, keine Bankunterlagen, keine Sammlungen privater Dokumente. Nur die wichtigsten Belege lagerten in einem Schließfach, dessen Schlüssel in einem weiteren leeren Schließfach unter der Decke klebte. Wer meine Räume betrat, fand keinen Hinweis auf seinen Bewohner und wo er sich aufhalten könnte.

Es sollte mich nicht in der Realität geben und schon gar nicht in der digitalen Welt. Selbst wer im Internet nach mir forschte, fand zwar einige Personen mit meinem Namen, aber keiner von ihnen war mit mir identisch.

Es war die Möglichkeit, mich eines Tages aus meiner Tätigkeit zurückziehen zu können und ein anderes Leben zu beginnen. Diese Vorstellung beruhigte mich.

»Clarissa«, sagte ich und hatte das Grün ihrer Augen so dicht vor mir wie nie. Beide hatten wir die Ellbogen auf dem Tresen aufgestützt und fixierten uns. Den Wettbewerb, wer zuerst blinzelte, würde ich verlieren.

»Vielleicht«, fuhr ich fort und schlug die Augen nieder, »habe ich mich nie verlieben können, weil dieses politische System es will, dass wir alle an die große Liebe glauben, die alle Sehnsüchte erfüllt, alles überstrahlt und uns dadurch zu unpolitischen Menschen macht. Den richtigen Partner zu finden, beansprucht dein Denken, deine Haltung, deine Taten. Es macht dich gefügig gegenüber politischen Entscheidungen.« Im Wesentlichen war das ein Zitat von Almut. Im Internet hatte ich nichts über sie gefunden, obwohl ich ihren richtigen Namen kannte.

»Du willst mir sagen, du hast dich verliebt.« Clarissa kam noch ein paar Millimeter näher. Ich spürte ihren Atem auf meiner Haut.

Hatte Almut sich damals auch in mich verliebt? Ich erinnere mich an die Situation, in der ich ihr den Vorschlag machen wollte zusammenzuziehen. Aber bevor ich es aussprechen konnte, gab sie mir zu verstehen, sie habe keine Zeit für Liebe.

»Ich weiß es nicht, Clarissa. Ich bin im Augenblick total verunsichert. Ich hatte einen Unfall mit dem Auto und ich traf diese Frau. Weißt du, ich hab keine Übung mit diesem Gefühl.«

»Ein Unfall?«

»Ja, die Frau fuhr von der Seite in mich hinein.«

»Hattest du Vorfahrt oder sie?«

»Sie hat Schuld.«

Ich berichtete, wie Mia sich nach dem Zusammenstoß verhalten hatte.

»Sie hat dich richtig geküsst?«

Als Antwort ließ ich den Kopf etwas zwischen die Schultern sinken. Ich hatte immerhin Mias Kuss zugelassen. »Sie behauptete, es wäre ein hilfreiches Mittel gegen meinen Unfallschock.«

»Sie ist eine Agentin der Regierung. Sie wollen dich endlich als letzten Renitenten überzeugen, dass Liebe über alles geht.«

»Du nimmst mich nicht ernst.«

»Wer hat denn den Vortrag über Liebe und Partnerschaft als Mittel der Machtsicherung der Herrschenden gehalten?«

»Mach mir einen starken Kaffee, damit ich einen nachvollziehbaren Grund für meinen beschleunigten Herzschlag habe.«

Clarissa richtete sich auf, stützte sich mit den Händen

auf dem Tresen ab. Sie sah auf mich herab. »Wenn die Liebe ein Mittel der Politik ist, um gefügige Massen zu produzieren, müsste sie, die Liebe, dann nicht dauerhafter und von ansteigender Qualität sein?«

»Das ist ja das Raffinierte, jeder glaubt, es gebe die große, dauerhafte Liebe. In unzähligen Romanen, Filmen, den Medien wird sie propagiert. Jeder soll glauben, das würde ihm auch passieren. Und wenn nicht, ist er ein Versager. Und Versager haben – wie der Ausdruck schon sagt – nichts zu sagen.«

Clarissa rieb sich mit der flachen Hand die Stirn. »Du meinst, es gibt die große Liebe gar nicht?«

»Natürlich nicht. Sie ist ein Ideal.«

»Und was passiert da gerade mit dir?«

Clarissa ging zur Kaffeemaschine. »Man sieht es dir übrigens an.«

»Habe ich rote Ohren?« Ich griff nach meinen Ohren.

»Nein, sie sind etwas spitzer.«

Daniel betrat die Bar.

»Holm ist verliebt«, rief Clarissa.

»Das sind wir doch alle«, sagte Daniel und hob beide Hände. »Aber du erhörst uns ja nicht.«

Daniel sprang vor ihr auf den Hocker, als wäre es ein Sportgerät. Die Muskeln seiner Oberarme zeichneten sich unterhalb der T-Shirt-Ärmel ab. Er gab Affenlaute von sich.

Ich holte mir eine Zeitung und ging zu einem Tisch. Ich setzte mich und dachte über eine mögliche Methode nach, Liebe und Verliebtheit zu messen. Vielleicht aus einer Kombination von Temperatur der Ohren, Herzschlag, Leitfähigkeit der Haut wegen der erhöhten Schweißausbrüche. Aber an welcher Stelle? Es musste noch etwas dazukommen. Möglicherweise verengte sich das Sichtfeld oder der Winkel wurde größer, mit dem die Haare aus der Kopfhaut sprießten. Vielleicht dehnten sich auch die Knorpel zwischen den Knochen. Man wurde größer. Ich würde demnächst, wenn ich anscheinend nicht mehr verliebt war, die Basisdaten bei mir sammeln.

Clarissa zeigte auf mich. »Ich bin übrigens nicht das Objekt seiner Begierde.« Sie legt den Kopf schräg, als wäre sie traurig. Sie kam hinter ihrem Tresen hervor und brachte mir den Kaffee.

»Und was willst du?«, fragte sie Daniel.

»Liebe. Deine Liebe.«

»Auch bloß eine Form der Trunkenheit. Ich spendiere dir einen Cocktail.«

Sie streckte die Hand nach Daniel aus. »Kann ich mal deine Muskeln anfassen?«

Daniel drehte den Körper und sie griff nach seinem Bizeps. »Perfekt.«

»Alles für dich.«

Ich bekam einen kurzen Blick aus ihren Augenwinkeln.

Daniel bemerkte es. »Ich trainiere täglich, um dir einen perfekten Körper zu präsentieren.«

»Sagst du das nicht allen Frauen?«

»Nur den Schönsten.« Er wischte ihre Hand von seinem Arm »Weg da. Ich weiß, dass du Holm nur eifersüchtig machen willst. Du willst die Nummer Eins unserer Sehnsüchte bleiben.«

Ich dachte an Almut, ein solches Spiel, ein Flirt wäre mit ihr nicht möglich gewesen. Sie hätte sofort darüber diskutiert, welche gesellschaftlichen Bedingungen dazu führten, dass die Menschen ihre Körper formen wollten und die Gym-Studios immer zahlreicher wurden. Ich glaube, sie hatte sogar einmal gesagt: »Wenn die inneren Werte fehlen, müssen äußere Formen als Ersatz dienen.«

Ich musste dringend wieder einmal meine Fotos von ihr durchsehen. Ich war überzeugt, es gab keines, auf dem sie lächelte.

Clarissa mischte für uns zwei Gläser mit einer grünen Flüssigkeit. Sie schob eines zu Daniel über den Tresen. Das zweite brachte sie mir an den Tisch. »Green Gandalf«, sagte sie, »mit ganz wenig Alkohol.«

»Sonst fängt man ja auch an zu schielen.«

Sie lachte.

»Dieser Kerl ist wohl immer gegenwärtig.« Daniel drehte sich auf seinem Barhocker zu mir, hob das Glas und prostete mir zu. »Als Getränk ist er mir lieber. Clarissa, ich finde, du solltest den Typen veranlassen, hier nicht mehr aufzutauchen.«

»Ich glaube, er ist ganz nett. Und wenn er hier ist, haben wir ihn unter Kontrolle, können ihn vielleicht sogar beeinflussen. Ich glaube, er ist auf unserer Seite.«

»Was weißt du über den, was ich nicht weiß?«

»Er ist ein Schnüffler. Macht seine Arbeit. Aber er ist einer von den Guten.« Clarissa verschanzte sich wieder hinter dem Tresen.

Daniel drehte sich halb ihr zu. »Überleg mal, wenn Holm wirklich verliebt sein sollte, dann ist das eine Katastrophe. Wir werden auf ihn aufpassen müssen – rund um die Uhr.«

Sie sahen sich an und nickten sich zu, als wüssten sie etwas über mich, das nicht einmal ich wusste.

15. Kapitel

Das Geräusch eines bremsenden Autos auf glattem Asphalt.

Auf dem Klingelschild am Hauseingang hatte nie Almuts Name gestanden. Wenn ich sie besuchen wollte, musste ich bei *Weber* drücken. Eine Zeit lang hatte ich angenommen, dass sie wirklich so hieß. Der Name stand noch da. Ich drückte, der Summer ertönte und ließ mich in einen Hausflur. Die wandhohen Kacheln hatten damals in hellem Beige geglänzt, jetzt aber waren sie unter mehreren Schichten großer Graffiti verborgen. Ich konnte nichts entziffern, es waren nur Tags, wahrscheinlich die Kennzeichen von Hausbewohnern.

Von oben rief jemand: »Hallo?«

»Ich bin es, Holm.« Ich nahm immer zwei Stufen auf einmal.

Im zweiten Stock erwartete mich eine junge Frau mit schwarzem Haar und dunklem Teint in einem dicken, roten Bademantel. Sie grinste, hatte die Hände in die

Hüften gestemmt, als wüsste sie, wer ich war. Sie schickte mir ein »Und?« entgegen.

»Ich suche Almut.«

Sie hob die Schultern und senkte die Mundwinkel. »Was?«

»Almut hat hier gewohnt.«

»Ach so. Nee, kenne ich nicht.« Ich begriff, dass sie auf ein Stichwort gewartet hatte. Almut war falsch. Was hätte ich von ihr bekommen, hätte ich das richtige Stichwort genannt?

»Haben Sie nicht die Wohnung von ihr übernommen?«

»Nein«. Sie dehnte das Wort, ließ dazu den Kopf kreisen, als wollte sie mich wie ein lästiges Insekt verscheuchen.

»Wer hat denn vor Ihnen hier gewohnt?«

»So eine Frau.«

»Wann war das?«

»Ist ein paar Jahre her – ich sag mal, so vier fast fünf Jahre. Die Frau habe ich nur einmal gesehen. Als ich einzog, war sie schon weg.«

»Und die hat dasselbe gemacht, wie Sie?«

»Nehme ich schon an.« Sie lachte.

»Und wer hat Ihnen die Wohnung vermietet?«

»Na, Holger.« Sie lehnte sich an das Treppengeländer. Jetzt roch ich es. Sie hatte einen Joint geraucht.

»Holger Weber?«

»Genau.«

Dieses Genau erinnerte mich an eine Figur aus einer Kindersendung. »Wo wohnt der denn? Vielleicht hat der ja die neue Adresse von Almut.«

»Ich habe von ihm nur eine Telefonnummer.« Sie lachte. »Da ruf ich immer an.«

»Kann ich die Nummer haben?«

»Ich weiß nicht.« Sie bog ihren Körper nach hinten über das Geländer. Möglicherweise verlor sie das Gleichgewicht und stürzte durch das Treppenhaus. Ich machte mich darauf gefasst, den Rand ihres Bademantels zu fangen.

»Das geht doch nicht, wenn Sie was haben wollen, kriegen Sie es von mir und nicht von Holger.«

»Ich will ja nur die Adresse von Almut.«

»Wirklich?« Sie kam wieder nach vorn. »Aber wehe, Sie sagen ihm, woher Sie die Nummer haben.«

»Keine Sorge, ich sage, ich hätte sie von Almut.«

Sie ging voraus den Flur entlang, ihre nackten Füße klebten auf dem Steinfußboden und kamen mit einem schmatzenden Geräusch wieder davon los.

Ich folgte ihr in die Wohnung, sie nahm einen Zettel von einer Pinnwand aus Kork und las mir die Nummer vor. Jedes Mal, wenn sie die Nummer wiederholte, war es eine neue Zahlenkombination. Sie kicherte wieder und behauptete, die Zahlen würden sich bewegen und den Platz wechseln. Ich nahm ihr den Zettel aus der Hand und lernte die Nummer auswendig. Sie ging in das Zimmer hinein und ließ sich in ein Sofa fallen, das sich unter mehreren karierten Wolldecken befand. Auch Almut hatte ein Sofa an derselben Stelle aber mit anderen Wolldecken gehabt. Konnte es sein, dass sie alles zurückgelassen, oder ihr die Möbel nicht gehört hatten?

»Danke.« Ich befestigte den Zettel wieder an der Wand. »Eine Frage habe ich noch? Was verkaufen Sie?«

Sie sah auf die Uhr. »Alles so, was Sie wollen, aber nur zwischen 16 und 18 Uhr. Aber es ist nichts hier, wir gehen dann kurz wohin.«

Ich sah auf die Uhr. Es war noch Vormittag.

»Und dann musst du auch das Kennwort nennen.« Da ich mich als potentieller Kunde offenbart hatte, wechselte sie zum Du.

»Und wie heißt das?«

»Sag ich nicht.« Sie kicherte wieder und hob die Beine aufs Sofa, deckte sie mit dem roten Bademantel zu. »Und um diese Zeit gibt's nix.«

Ich hob die Hand. »Danke, bleib sitzen.«

Sie kam trotzdem hinter mir her. Sie schloss die Tür und legte mehrere Riegel um. Ich kannte das Geräusch. Genauso wie bei Almut.

Ich ging durchs Treppenhaus, versuchte erneut die Graffiti zu entziffern und dachte an die Zeit, als Almut hier gewohnt hatte. Es war möglich, dass auch sie mit Drogen gehandelt hatte. Sie selbst allerdings nahm nie welche – glaubte ich jedenfalls.

Draußen auf der Straße wählte ich Holgers Nummer. Er meldete sich nur mit einem »Hallo«.

»Holger?«

»Was gibt's?«

»Ich bin Holm und auf der Suche nach Almut. Weißt du, wo sie jetzt wohnt?«

»Almut. Wirklich? Oh je, ist das lange her. Was willst du denn?«

»Mit ihr reden.«

Er lachte mit dem Geräusch eines bremsenden Autos auf glattem Asphalt. »Ich habe keine Ahnung, was die damals gemacht hat. Ich hatte ihr nur die Wohnung untervermietet. Ich weiß auch nicht, wo die hin ist. Wollte raus aus allem. Ist weg, auf Nimmerwiedersehen. Ging plötzlich ganz schnell, als wäre sie auf der Flucht. War sie vielleicht ja auch. War schon ein komisches Mädchen, was?«

16. Kapitel

Mit einem Bein im Gefängnis.

Der Leihwagen verlieh mir Anonymität, vorausgesetzt, ich würde am nächsten Morgen bei der Polizei behaupten, der Autoschlüssel sei mir in einer Kneipe gestohlen worden. Dazu müsste ich nur den Wagen in einem weit entfernten Stadtteil abstellen und vielleicht noch die Fingerabdrücke abwischen – wie es ein Dieb machen würde.

Ich fuhr am Abend Richtung Flughafen zum Auftraggeber der Farbbomben am Haus des Weinhändlers. Ich meldete mich nie an, denn dazu hätte ich ein Telefon benutzen müssen, zumindest dessen Verbindungen wurden aufgezeichnet. Es hatte zu regnen begonnen. Ich wartete mit dem Einschalten des Scheibenwischers. Die Tropfen auf der Frontscheibe verwandelten sich bei jedem Schein einer Straßenlaterne in einen Sternenhimmel. Mia hätte dafür einen Sinn gehabt. Bei Limette war ich mir nicht sicher, und Almut hätte mich angefaucht, ich solle gefälligst den Scheibenwischer eher einschalten.

Ich fuhr durch mehrere kleine Seitenstraßen, um sicher zu sein, dass ich nicht verfolgt wurde. Selbst wenn Daniel es wahr machte, mich nicht aus den Augen zu lassen, wollte ich nicht von ihm überwacht werden.

Ich parkte direkt vor dem Haus aus dunklem Rotklinker. Eine Reihe gleicher Doppelhäuser, wahrscheinlich aus den Zwanzigerjahren des letzten Jahrhunderts. Im Vorgarten wurde das Licht durch einen Bewegungsmelder eingeschaltet. Die Eingangstür hatte bis zur Hälfte klares Glas, es zeigte einen Vorraum mit Garderobe und Schuhregal. Eine rote Alarmlampe leuchtete, und eine Kamera war auf mich gerichtet. Beides Attrappen.

Die Innentür wurde einen Spalt geöffnet, die typische, große Hakennase zeigte sich. Er zögerte, überlegte wahrscheinlich, mich nicht hineinzulassen. Doch dann öffnete er und ohne mich zu begrüßen, fauchte er mich an, was ich wolle.

»Ich denke, ich habe eine wichtige Information für Sie.«

Er öffnete die Tür ganz und ließ mich ein. Ein schmaler Flur mit einer steilen Treppe in den ersten Stock. Um an mir vorbeizukommen, musste er auf die ersten Stufen der Treppe treten, dann führte er mich geradeaus an zwei kleinen Zimmern vorbei in eine Küche. Hier gab es einen Hinterausgang in den Garten, den ich gut kannte, besonders die Hundehütte. Möglicherweise holte er die Pistole nur aus dem Versteck, wenn er im Haus war.

Er bot mir einen Stuhl am Küchentisch an, blieb aber selbst stehen. Er wollte von oben herab mit mir reden. »Und?«, sagte er.

»Ihr Chef ist nicht tot.«

»Woher haben Sie die Information, dass er mein Chef ist?«

Ich sah mich nach weiteren Kameras um und beschloss, bei meinen Aussagen allgemein zu bleiben. »Ich recherchiere immer, ob das, was man mir sagt, auch der Wahrheit entspricht.«

»Und?«

»Es stimmt, Sie wurden von ihm betrogen. Na ja, was heißt betrogen. Sie wurden über den Tisch gezogen, so würde man wohl sagen. Aus juristischer Sicht ist es gleich, aber aus moralischer Sicht nicht.«

»Und?«

»Ich bekomme noch Geld von Ihnen oder eine akzeptable Erklärung, warum nicht.«

»Ich dachte, meine Argumentation würde Sie überzeugen.« Er formulierte genauso vorsichtig, ohne konkrete Sachverhalte anzusprechen. Vielleicht gab es jemanden im Nachbarzimmer, der uns hören konnte. Oder er fürchtete, ich würde das Gespräch aufzeichnen.

»Aber Sie mussten damit rechnen, dass ich es herausfinden würde.«

»Ein Versuch war es wert. Ich hätte viel Geld gespart.«

»Sie unterscheiden sich mit dieser Haltung nicht von Ihrem Chef.«

»Das macht doch jeder so.«

»Aber bei Ihrem Chef wollten Sie eine Verhaltensänderung erreichen.«

»Ach, ich … es war nur Ausdruck meiner Rache.«

»Leider. Der normale Mensch weiß gerade noch, zwischen dem Verhalten innerhalb unseres Wirtschaftssystems und dem privaten Leben sollte es einen großen Unterschied geben. Leider hat die Kultur des Kapitalismus auf alles übergegriffen und bestimmt dadurch unser Verhalten. Immer geht es um den übermäßigen Gewinn – nicht um Gerechtigkeit. Etwas, das sich ganz banal in der Schnäppchenmentalität ausdrückt, für die dann in den Entwicklungsländern jemand mit der Gesundheit oder dem Leben bezahlt.« Almuts Worte.

»Sie nehmen doch auch Geld für Ihre, sagen wir, Arbeit.«

»Ich arbeite nicht stellvertretend aus Rache, sondern für mehr Gerechtigkeit. Meine Zielpersonen sollen über ihr Verhalten nachdenken und es in Zukunft ändern.«

»Der ändert sich nicht.« Er lehnte sich an eine Wand, verschränkte die Arme vor der Brust, ein Zeichen, nichts an sich heranzulassen.

»Ich glaube schon. Er fürchtet um sein Leben.«

»Aber dazu müsste sich die ganze Welt ändern.«

»Nur das Verhalten des Einzelnen. Das ist mühsam, aber irgendwann ist der Einzelne die Mehrheit.«

Er lachte. »Sie wollen Geschäft und Privates getrennt sehen. Wie geht das?«

»Das ist es schon. Ich will, dass die Werte des Privatlebens auch im Geschäftlichen gelten.«

»Ein Beispiel?«

»Ganz einfach; ein Geschäft zwischen zwei Menschen muss für jeden ein gutes Geschäft sein.«

»Aber Ihr Geschäft ist das nicht. Es ist – genau genommen – kriminell.«

»Nur, weil der Gesetzgeber zugelassen hat, dass Geschäftsgebaren zu wenig geregelt sind und keiner

Moral unterliegen. Ich mache auf diesen Sachverhalt aufmerksam. Da Politik in erster Linie immer nur den Ist-Zustand erhalten will, steht jeder, der Veränderung aktiv angeht, mit einem Bein im Gefängnis.«

»Sie wollen eine Revolution?«

»Nein, eine andere Kultur.«

»Wissen Sie, Ihre Ziele sind mir egal. Ich wollte nur eine sehr eigensinnige und heimliche Rache. Denn niemand wird je erfahren, dass ich hinter allem stecke.«

Das klang, als wollte er mich umbringen.

»Und wenn ich es jemandem erzähle.«

»Wird er Ihnen nicht glauben.«

»Und wenn ich es beweisen könnte?«

»Können Sie es?«

»Sie erwarten keine Antwort darauf.«

»Wenn Sie Beweise haben, wird man sich fragen, wieso Sie die haben. Selbst die Beweise führen zu Ihnen als Täter. Sie kommen nicht heil heraus. Außerdem wäre das ziemlich gefährlich für Sie. Fürchten Sie nicht, umgebracht zu werden?« Er presste die Lippen zu einem Lächeln zusammen, dass seine Entschlossenheit zum Ausdruck bringen sollte, mich notfalls zu töten.

»Wenn jemand so viel kriminelle Energie hat, regelt er seine Sachen selbst und braucht mich nicht. Mich gibt es ja gerade für die Hasenfüße. Ich lebe für sie ihre Wut aus.«

»Ich gehöre als zu den Hasenfüßen?«

»Auch da gibt es Abstufungen.«

»Vielleicht haben Sie recht.«

Er ging an die Stirnseite des Küchentischs, setzte sich und zog eine Schublade auf. Er holte einen Umschlag heraus, schob ihn mir hin. Ich sah hinein, es war das restliche Geld darin.

»Ich dachte mir, dass Sie irgendwann einfach vorbeikommen. Hasenfüße sind vorbereitet.«

»Haben Sie auch Ihre Pistole in der Schublade?«

Er hob die Brauen. »Natürlich.«

»Dann haben Sie jetzt die Chance, mich von hinten zu erschießen.« Ich verließ die Küche und ging den schmalen Flur bis zur Haustür.

Menschen wie ihm verlieh der Besitz einer Schusswaffe Selbstbewusstsein. Abdrücken war dazu nicht nötig. Außerdem, wer eine Waffe in die Hand nahm, musste immer als Erster schießen. Wenn er wartete, bis der andere schoss, wäre er tot. Eine von Almuts Weisheiten. Wahrscheinlich hatte sie in diesem Moment weit weg von hier ihren Finger am Abzug.

17. Kapitel

Herzlichen Glückwunsch zum Geburtstag.

Nachdem ich auf dem Rückweg ein paar Kilometer gefahren war, schaltete ich mein Handy wieder ein und erhielt sofort eine Nachricht von Mia. Sie fragte, ob ich zu einem Schlaftrunk bereit sei.

Mir fiel als Vorschlag nur Clarissas Bar ein. Erst nach dem Absenden meiner Antwort dachte ich darüber nach, dass eine andere Bar besser wäre. Mir war nicht wohl dabei, Daniels Späßen oder Clarissas Blicken ausgesetzt zu sein.

Mia saß bereits am Tresen. Das Orange ihres Fahnenkleides hatte heute eine etwas dunklere Färbung. Die Bar war voll, jeder Tisch, jeder Hocker besetzt. Clarissa hatte unablässig zu tun, obwohl sie noch eine Studentin als Aushilfe dabei hatte. Sie nickte mir nur zu. Ihr Schweiß auf der Oberlippe gefiel mir. Er wirkte wie ein extra aufgelegter Glitter.

Mia umarmte mich und küsste mich auf die Wange, fragte mich, ob alles gut sei, keine Spätfolgen des

Unfalls aufgetreten seien und ob die Werkstatt schon angerufen habe. Ich blieb neben ihr stehen, und sie drehte sich halb zu mir. Sie plauderte ohne Pause, als wollte sie sich selbst von etwas ablenken. Ihre Hände zuckten, und schließlich griff sie nach meinen.

Clarissa hatte uns im Blick und brachte den Reservebarhocker von hinten. Sie befahl mit lauter Stimme allen am Tresen Hockenden, ein Stück zusammenzurücken.

»Ihr wollt doch sicherlich etwas enger sitzen«, sagte sie zu uns. Mit einem breiten Grinsen signalisierte sie uns, dass sie wusste, wer Mia war.

Ich schnupperte an Mia. »Du riechst ja nach Orangen.«

»Das Parfüm mache ich selbst.«

Ich dachte daran, dass Limette nach Zitrone roch, Clarissa nach Vanille und Almut nie Parfüm benutzt hatte. Manchmal hatte sie nach angebranntem Holz gerochen. Eine Brandstifterin. Sie verbot mir den Mund, wenn ich über ihren Duft sprach. Geld für Parfüm auszugeben war für sie eine Perversität des Konsums. Parfüm selbst machen, das hätte ihr gefallen.

Clarissa schob mir ein Bier über den Tresen. Erst jetzt registrierte ich Mias Getränk, ein Cocktail mit Orangenlikör.

»Lass mich raten, zum Frühstück isst du Orangenmarmelade. Und wahrscheinlich gibt es so viel Orange in deiner Wohnung, Polster, Wände, Stühle, Tische, dass du darin unsichtbar wirst.«

»Ich muss zugeben, ich habe einen gewissen Hang zur Perfektion.«

»Passe ich dazu?«

»Ich bin hier, um das festzustellen.«

»Wirklich?«

Sie zog mich zu sich heran und küsste mich auf die Lippen. »Du gingst mir nicht aus dem Kopf.«

»Mehr«, forderte ich.

Sie küsste mich erneut, aber nur sehr kurz.

»Mir ging es genauso. Wenn ich an dich dachte, hatte ich die Symptome eines Hundes: Ich schwitzte auf der Zunge.«

Ich entdeckte Daniel, der mit Gandalf an einem Tisch saß. Sie fingen meinen Blick, hatten darauf gewartet, denn Daniel kam vorbei. Er stellte sich Mia vor mit der Bemerkung, er sei derjenige, der bisher auf mich aufgepasst habe, damit ich nicht in die falschen Hände geriete, aber nun hoffe er, sie sei seine Ablösung. Er verschwand wieder, ohne sich in eine seiner Figuren zu verwandeln.

»Ist der eifersüchtig?« Mia sah ihm nach.

»Neuerdings behaupten alle, dass sie auf mich aufpassen. Bin ich verrückt?«

»Bist du es?«

»Jedenfalls geschieht mit mir im Augenblick etwas vollkommen Ungewöhnliches. Dazu musst du wissen, dass ich noch nie verliebt war.«

»Noch nie mit einer Frau?« Ihre Stirnfalten versammelten sich. Der Gedanke war ihr unangenehm.

»Das schon, nur das Gefühl der Liebe fehlte mir.«

»Oh je.« Sie bestellte einen weiteren Cocktail. »Und jetzt?«

Ich nickte. »Und das ist ein Problem, denn ich bin dabei, mit einer Frau eine Vereinbarung zu treffen.«

»Du gehst regelmäßig ins Bordell? Gibt es da jetzt Abonnements?«

Ich lachte laut. Dann erzählte ich von Limette und unser beider Absicht, durch ein Zusammenleben auf Probe, auf die Liebe zu warten.

»Oh je. Sie ist es also nicht, die das Gefühl von Liebe auslöst.« Sie trank den neuen Cocktail auf einen Zug. »Das ist doch eindeutig, diese Limette – was für ein Name –, sie liebt dich. Und du bist ein Schuft, wenn du es ausnutzt.«

»Habe ich auch schon gedacht.«

Mia wollte wissen, wie die Vereinbarung aussehe. Ich kannte alle Versionen noch auswendig.

»Du kommst für die Kosten auf? Womit verdienst du dein Geld?«

Ich erzählte ihr die Lüge mit den Werbetexten. Und, dass ich eine Idee für einen kleinen Laden suchte. »Wie wär's mit einem Geschäft, in dem es alle Dinge gibt, die orange sind, dann hätte ich schon mal eine Stammkundin.«

»Ich hab doch schon alles. Du glaubst nicht, wie meine Freundinnen meine Vorliebe begeistert aufgenommen haben. Ich bekam nur noch orangefarbene Geschenke.«

Gandalf war gegangen, jetzt brach auch Daniel auf und bot uns seinen Tisch an. Wir setzten uns um, Clarissa brachte uns neue Getränke. Ich wartete, bis sie sich zum Tresen umdrehte, dann griff ich nach Mia. Unsere Arme umschlangen uns, als wären sie Riesenschlangen, die uns nie wieder freigeben würden. Wir küssten uns, bis uns die Luft ausging.

»Das ist vollkommen unmöglich«, sagte Mia als wir uns für eine Atempause lösten. »Das dürfen wir nicht tun, wenn du nächste Woche dich mit dieser Limette zusammentun willst.«

»Ich kündige den Vertrag, bevor er beginnt.«

»Vielleicht ist das zwischen dir und mir nur eine Folge des Vertrages. Es gibt so seltsame Zusammenhänge in der Psyche eines Menschen. Manchmal geht die Seele um die Ecke. Das würde bedeuten, kaum ist der Vertrag gekündigt, ist zwischen uns alles vorbei.« Sie nahm die Hände vor das Gesicht. »Wir dürfen das nicht.«

Sie wehrte mich ab, als ich sie erneut küssen wollte. Wir begannen, uns kleine Geschichten aus unserem Leben zu erzählen. Ich beobachtete jedes Detail an ihr, als müsste ich einen Steckbrief erstellen. Ich versuchte sogar, ihre Wimpern zu zählen, und sie hielt still, damit ich mich nicht verzählte. Es waren über 40 pro Auge. Aber ich verzählte mich immer wieder. Doch auf diese Weise gelang es mir, sie noch einmal zu küssen.

Gegen Mitternacht leerte sich die Bar. Kurz vor zwölf kam Daniel mit einem Paket zurück, das er hinter den Tresen brachte. Punkt zwölf zündete Clarissa mehrere Wunderkerzen an. Sie begann, ein Geburtstagslied zu singen, und kam mit Daniel zu unserem Tisch.

»Herzlichen Glückwunsch zum Geburtstag!« Beide legten ein Päckchen vor mich, und Clarissa steckte die Wunderkerzen in einen kleinen Kuchen.

»Du hast Geburtstag und sagst es mir nicht«, schimpfte Mia.

»Ich habe keinen Geburtstag, ihr müsst euch irren.«

»Doch, wir wissen es noch genau vom letzten Jahr.« Clarissa küsste mich auf die Wange.

»Nun pack schon aus«, sagte Daniel.

»Nein, es geht nicht. Ich habe nicht Geburtstag.«

»Wenn du uns nicht beleidigen willst, packst du es aus.«

»Wir wissen, was wir wissen« Clarissa ging zurück zur Bar. »Was wollt ihr trinken – aufs Haus natürlich?«

Mia bestellte einen weiteren Cocktail und ich ein Bier. Wir bemerkten, dass wir beide bereits betrunken waren.

Daniels Paket enthielt eine Brillenfassung mit Fensterglas. »Es ist nur ein stellvertretendes Modell. Ich dachte, als ich dich neulich bei dem Konzert sah, du könntest eine moderne Fassung vertragen. Der Gutschein für den Optiker liegt darunter.«

»Du trägst eine Brille?«, fragte Mia.

»Ich brauche sie nur sehr, sehr selten. Praktisch nur bei schlechten Lichtverhältnissen.«

Clarissas Geschenk war eine Flasche des Orangenlikörs. »Ich dachte mir, es ist passend«, sagte sie.

Ich begriff, was die beiden vorhatten. Mein Geburtstag war von den beiden kurzfristig an diesem Tag ins Leben gerufen worden. Da Mia für mich kein Geschenk hatte, sollte sie sich mir selbst schenken. Die beiden wollten den Anfang meiner Beziehung beschleunigen.

»Und ich habe kein Geschenk für dich«, sagte Mia. »Aber vielleicht doch, du musst dann nur noch mit zu mir kommen, dann kann ich es dir geben.«

Ich dachte daran, dass ich in dieser Nacht noch Farbbomben auf das Auto des Beamten werfen musste.

18. Kapitel

Gefährliches Abenteuer.

Wir nahmen ein Taxi.

Mia umklammerte mich. »Ich küsse dich nur, um meine Angst vor dir zu überwinden.«

»Welche Angst?«

»Wir könnten kentern und ertrinken oder auf dem schmalen Weg im Gebirge in den Abgrund stürzen.«

»Das klingt nach einem gefährlichen Abenteuer.«

Sie nickte.

»Und meine Küsse …«

»… die beruhigen mich.«

19. Kapitel

50 Euro für jedes weinende Kind.

Sie stieß die Wohnungstür für mich auf, und der Duft machte die Illusion perfekt. Ich beschritt das Innere einer Apfelsine. Alles hatte einen Orangeton. Es gab keine andere Farbe. Ich lief durch die zwei Zimmer, das Bad und die Küche, um einen Fehler zu entdecken. Es gab keinen. Bei vielen Dingen wusste ich nicht, dass es sie auch in Orange gab. Wasserhähne zum Beispiel. Die kleine Wohnung war aufgeräumt und sauber, als gäbe es keine Bewohnerin. Ein Museum Orange.

Ich ließ mich auf das Sofa fallen. »Du bist verrückt. Wie hast du das hingekriegt?«

»Wenn man einmal damit anfängt und es allen Freunden mitteilt, ist es ganz leicht. Es sammeln alle für dich mit.«

Sie schaltete die Deckenlampe aus – eine orangefarbene Kugel – und kam zu mir. »Nun zu deinem Geschenk. Es ist in Orange eingewickelt, aber innen hat es die Farbe von Haut. Du musst es auspacken.«

»Kann ich schon mal fühlen?« Ich streckte meine Hände nach ihr aus.

»Meine Angst kommt zurück, küss mich schnell.«

Ich küsste sie und packte mein Geschenk aus. Unser Schiff schwamm auf den Wogen eines Flusses, stürzte einen Wasserfall hinunter und kenterte in den Stromschnellen. Wir schwammen ans Ufer ruhten uns im Sand aus. Wieder bei Kräften wanderten wir ins Gebirge. Wir beschritten den schmalen Pfad am Fels entlang und stürzten in einen tiefen Schlaf.

Noch mitten in der Nacht erwachte ich, lauschte ihren gleichmäßigen Atemzügen und stand leise auf. In der Küche schrieb ich ihr einen Zettel, ich hätte mich leider in ein Monster verwandelt, dessen Anblick ich ihr ersparen wollte. Ich müsste sehr früh einen Job in einem Kindergarten erledigen. Kinder erschrecken. Ich bekäme 50 Euro für jedes weinende Kind.

Dann schlich ich mich davon.

Ich musste tatsächlich jemandem einen Schreck einjagen.

20. Kapitel

Manche sterben an Übermut.

Mein Körper glühte. Jede Stelle meiner Haut erinnerte mich an Mia. Ich bat den Taxifahrer, ein Seitenfenster zu öffnen, damit sich der Fahrtwind in meinen Ohren fing.

»Man riecht es, was?«, sagte er.

»Wirklich?« Ich dachte an Mias Orangenparfüm.

»Ich habe im Wagen geraucht.«

Ich winkte ab. »Ich versuche nur mein Fieber zu senken.«

»Sind Sie krank?«

»So etwas Ähnliches auch mit leichten Schmerzen.«

»Kotzen Sie mir nicht den Wagen voll.«

»Es ist nicht ansteckend.«

»Was ist es?«

»Frisch verliebt.«

»Oh je.« Er hob den Kopf, schickte ein Lächeln voller Mitleid über den Rückspiegel.

Würde Mia beim Aufwachen denken, dass ich es neben ihr nicht ausgehalten hatte? Selbst wenn sie meinen Brief fand, machte das die Sache nicht besser. Möglicherweise würde sie unsere Beziehung beenden. Es waren die schwankenden Gefühle, das Karussell der Zustände, die das Mitleid des Taxifahrers erregten. Was würde daraus werden? Ich wusste es nicht.

»Sie kennen das auch?«

»Lange her. Es verkürzt das Leben.«

»Wirklich?«

»Ja, die Männer werden leichtsinnig, manche sterben an Übermut.«

»Sie haben Erfahrung?«

»Natürlich. Alle diese Jugendlichen, die sich mit ihren Autos zu Tode fahren, waren im Rausch – Alkohol oder Liebe, das kommt auf dasselbe raus.«

Ich ließ den Fahrer aus Gewohnheit eine Straße vorher halten. Nie mit einem Taxi das Ziel genau ansteuern. Nie dem Fahrer Straße und Hausnummer nennen. Es war eine von Almuts Regeln. Damals wäre ich nicht darauf gekommen, dass sie vielleicht mit dem Handel von Drogen ihr Geld verdiente. Sie selbst hatte behauptete, sie würde Medikamente ausfahren. Jetzt aber erschien es mir als eine Möglichkeit, zumal sie auch zu einer bestimmten Uhrzeit immer zu Hause sein musste, wie das Mädchen, das jetzt in ihrer Wohnung wohnte.

Almut nahm keine Drogen. Sie wollte immer die Kontrolle über sich, überließ sich nie ihren Gefühlen. Mit Selbstbeherrschung analysierte sie jede Situation, die bei anderen Frauen zum Ausbruch von Emotionen führte.

Ich packte die Kleidung und Perücke für die Mädchensilhouette ein und ging in den Keller. Dort hatte ich in einem Versteck, einem stillgelegten Schornstein, vier bereits gefüllte Ballons mit Farbe deponiert. Es brauchte am Anfang eine Reihe Experimente, bis ich die richtige Menge und Farbe herausfand, sodass die Ballons sich gut transportieren ließen, aber beim Aufschlag sofort platzten. Für das Befüllen wog ich die Farbe ab und spritzte sie mit einer Pumpe, die einen Druckmesser hatte, in die Ballons. Das war kompliziert, aber extrem genau. Von Nachteil war das anschließende Säubern der Pumpe. Selbst bei wasserverdünnbarer Farbe musste das sofort geschehen. Da die Farbe das Gummi angriff, konnte ich die gefüllten Ballons nicht länger als eine Woche aufbewahren. Ich trug bereits beim Befüllen Handschuhe und Duschhaube. Bloß keine Genpartikel hinterlassen. Und niemals vorher einen Ballon mit dem Mund aufblasen. Die Spucke am Rand war optimal für den Gentest, auch wenn die Polizei bei solchen Schäden sicher den Ermittlungsaufwand kleinhielt.

Ich transportierte zwei der Farbbomben in einem Pappkarton. Er war mit der Werbung eines Imbiss-Lieferservices bedruckt. Damit konnte ich jederzeit durch die Straßen marschieren. Einmal Farbe von vorn aufs Auto, einmal von hinten. Das würde genügen. Aber an ein Auto musste ich nah heran. Die notwendige Zielgenauigkeit bedingte es, andererseits bestand die Gefahr, selbst Farbspritzer abzubekommen.

Ich stieg in den Leihwagen und war mir bewusst, vielleicht noch etwas zu viel Alkohol im Blut zu haben. Ich schaltete das Handy aus. Jetzt ließ ich alle Fenster geschlossen, denn für die Polizei war eine heruntergelassene Seitenscheibe ein Zeichen für Trunkenheit. Gegen Osten bildeten sich die Dachfirste bereits deutlich wie Sägeblätter gegen den Himmel ab. Der Sonnenaufgang stand kurz bevor. Ich hatte nicht mehr viel Zeit.

Über zwei Seitenstraßen mit Tempo-30-Schild erreichte ich den Block mit den Reihenhäusern, im 90-Grad-Winkel zur Straße gebaut. Es waren sechs in einer Reihe. Eine schmale, gesperrte Zufahrt führte zu den Eingängen. Hohe Kirschlorbeerhecken.

Ich suchte den Wagen des Beamten und fand ihn fast zweihundert Meter entfernt. Ich fuhr weiter und parkte an der Hauptstraße mit zwei Rädern auf dem Fußweg. Ich setzte noch im Auto die Perücke auf und rollte den Rock über meine Jeans, dann stieg ich mit dem Karton aus. Ein Hund kam mir entgegen. Eine schwarze Mischung aus Pudel und Dackel. Aber kein Besitzer kam hinter ihm her. Er schnüffelte an mir. Er würde mich wiedererkennen. Er trottete vorbei. Ich drehte mich nach ihm um. An meinem Wagen hob er das Bein und pinkelte dagegen.

Ich marschierte bis zum Auto des Beamten, blieb stehen, lauschte nach Schritten oder Motorgeräuschen und kontrollierte die Fenster der umliegenden Häuser. Alles dunkel, Vorhänge zugezogen oder sogar Rollläden heruntergelassen. Ich nahm die erste Bombe warf sie gegen die Windschutzscheibe. Sie platzte an der Dachkante, fast ohne ein Geräusch zu machen. Die schwarze Farbe spritzte zum Teil über das Dach und lief in einer breiter werdenden Spur über die Windschutzscheibe und verschwand in die Lüftung. Ich ging zur Rückseite des

Wagens und zielte ebenso an die Dachkante, traf aber etwas zu tief. Die Farbe spritzte nach allen Seiten und lief dann an den Enden der Spritzer nach unten. Ein Kunstwerk, das einen kaputten Regenschirm darstellte. In einer Stunde würde die Farbe so trocken sein, dass man sie ohne Hilfsmittel, wie zum Beispiel einem Dampfstrahler, nicht mehr herunterbekam. Bleibende Schäden hinterließ sie in der Regel nicht. Es sei denn, sie lief, wie in diesem Fall, an der Frontscheibe in die Lüftung. Dann musste die Werkstatt ran.

Ich ging zurück, suchte meine Kleidung nach Farbspritzern ab. Ich fand keine.

Der Hund kam mir wieder entgegen. Er blieb stehen, setzte sich vor mir in den Weg. Er fixierte mich, als wollte er sich mein Gesicht einprägen.

»Hau ab und wehe, du verrätst mich.«

Und mit dem Blick nach unten entdeckte ich einen schwarzen Farbspritzer auf meinen Joggingschuhen. Ich putzte ihn mit einem Papiertaschentuch ab.

»Danke«, sagte ich zu dem Hund. Der Hund erhob sich und ging an mir vorbei. Hunde waren auf meiner Seite.

Ich fuhr los. Zwei Kreuzungen weiter musste ich an einer roten Ampel halten. Ich blickte zu dem Wagen neben mir. Gandalf saß am Steuer. Wo kam der her? War er mir gefolgt? Aber auf der Hinfahrt hatte ich nichts bemerkt.

Jetzt sah er zu mir herüber, grinste und winkte mit einer Hand.

Ich ließ ihn vorausfahren. Er bog die nächste Straße rechts ab. Ich folgte ihm und hätte gern ein oder zwei

Wagen zwischen uns gelassen, so wie man es eben machte, wenn man jemanden unbemerkt überwachen wollte, aber es war zu wenig Autoverkehr. Er bog wieder ab und noch mal. Er fuhr im Kreis. Bei der zweiten Runde hielt er an, stieg aus und winkte mir. Ich parkte und ging zu ihm.

»So früh schon unterwegs«, sagte er. Auf seinem Beifahrersitz lag ein Nachtsicht-Fernglas.

»Sie aber auch.«

»Ein Auftrag. Und Sie?«

»Bei mir ist es nur die Schlaflosigkeit.«

»Sie denken zu viel.«

»Ja, über die Ungerechtigkeit in der Welt.«

»Stimmt.« Gandalf sah sich prüfend um, ob wir beobachtet wurden. Er hob die Hand. »Dann auf den Schlaf der Gerechten. Gute Nacht.« Er setzte sich zurück hinters Steuer. »Man sieht sich bei Clarissa.«

21. Kapitel

Ich würde keinen Schlaf mehr finden.

Gandalfs Warnung überzog die nächtlichen Straßen der Vorstadt mit der Glätte des schleimigen Regenwassers. Ich fuhr langsamer. Hinter den Fenstern der Wohnblocks gingen mir die Lichter auf. Ich vermutete, ein ehemaliger Auftraggeber ließ mich überwachen, weil er in Verdacht geraten war und jetzt den wahren Täter liefern wollte. Eine Verzweiflungstat. Er musste damit rechnen, dass ich seinen Auftrag beweisen konnte. Videos, die uns zusammen zeigten. Tonaufnahmen.

Ein Polizeiwagen unter Blaulicht kam hinter mir heran. Ich fuhr in eine Parklücke am Rande eines Parks. Keine Fluchtmöglichkeit . Sie würden die Hunde holen. Der Polizeiwagen fuhr mit hohem Tempo an mir vorbei, schaltete an der nächsten Kreuzung seine Sirene ein.

Ich überlegte, welcher meiner Kunden aus den letzten Jahren Gandalf beauftragt haben könnte. Unmöglich es herauszufinden. Es waren zu viele gewesen. Ich ging ein paar Schritte in den Park. Jetzt erkannte ich die Umgebung wieder. Hier war ich einmal mit Almut entlanggegangen.

Ich war in mehreren Städten tätig gewesen, aber ich nahm an, es musste jemand von hier sein, der mich ausforschen ließ. Ich hatte gewalttätige Polizisten für die bewusste Verletzung von Demonstranten bestraft, gnadenlose Politiker für die Vertreibung von Armen, Verwaltungsbeamte für ihre Unmenschlichkeit, Unternehmer, die mit ihrer Gier andere in die Insolvenz und bis zum Selbstmord getrieben hatten. Ich hoffte, Ausbeuter und Rassisten zum Nachdenken gebracht zu haben.

»Wenn Menschen sterben, schweigen sie, wenn Scheiben klirren, schreien sie«, hatte Almut gesagt und damit gerechtfertigt, dass manche Protestgruppen Fensterscheiben einwarfen.

Das war mir bisher meist zu laut, zu verräterisch gewesen. Und einmal schiefgegangen. Meine besten Methoden waren Drohungen per anonymer E-Mail, Farbbeutelwürfe – und als letztes Mittel das Anzünden eines Autos. Ich lebte gut davon. Zwar recherchierte ich den Hintergrund jedes Auftrags, prüfte, ob er begründet war, aber ich ließ mich bezahlen, nahm mehr Geld als nötig. Ich bereicherte mich, war auf diese Weise Teil des Systems, das alle diese Ungerechtigkeiten hervorbrachte. Almut würde es so sehen – vielleicht auch nicht. Ich musste mit ihr darüber sprechen.

»Wenn Moral und Gesetz übereinstimmen würden, wäre meine Tätigkeit nicht nötig.« Ich tat so, als ginge sie neben mir durch den Park. »Und man kann keine Gesetze ändern, ohne sie zu übertreten.«

»Diesen Gedanken haben Menschen mit totalitären Gesellschaftszielen auch.«

»Ich weiß, ich bin ein Verbrecher.«

»So wie Nelson Mandela.«

»Wie lange war er im Gefängnis? 27 oder 28 Jahre?«

Almut verschwand, denn erste Hundebesitzer kamen mir auf der morgendlichen Runde entgegen und ließen mich beschnuppern.

Die Strafen für meine Handlungen waren festgelegt. Ein Richter hatte zwar Spielraum, aber er könnte mich niemals freisprechen, obwohl hinter meinen Taten eine ehrenwerte Absicht stand. Und ich war nicht der Geschädigte, sondern einer, der für ihn handelte. Ein Auftragskrimineller. Das machte die Sache verwerflich, aber zugleich sicherer. Ich handelte, ohne mich von Emotionen leiten zu lassen. Eigensicherung zuerst, eine Devise wie bei der Polizei. Ich war nur eine Art Agent. Ich besaß kein Motiv für die Drohungen und Sachbeschädigungen und meine Auftraggeber besorgten sich für die Nacht der Tat ein Alibi.

Seit einigen Jahren ging das sehr gut. Mein Vergnügen daran war gerade diese Reibungslosigkeit. Manchmal reizte sie mich, ein größeres Risiko einzugehen. Ich war der Unsichtbare – bis jetzt.

Meine natürliche Tarnkappe funktionierte nicht mehr.

Ich stand an einer Wegkreuzung, und plötzlich fiel mir ein, dass ich mit Almut auf der anderen Seite des Parks eine Freundin von ihr besucht hatte. Ich erkannte das Einfamilienhaus wieder, alle Fenster dunkel. Ich beugte mich zum Namensschild am Briefkasten hinab.

Es sagte mir nichts. Es war auch zu früh für einen Besuch. Ich marschierte zurück zu meinem Auto. Für eine Schrecksekunde war es nicht mehr da, bis mir einfiel, dass ich einen Leihwagen fuhr.

Ich stieg ein. Ein dunkler Wagen fuhr vorbei. Mia am Steuer – oder jemand, der ihr ähnlich sah.

Ich würde keinen Schlaf mehr finden.

22. Kapitel

Liebe und Tränen gehören zusammen.

Drei Stunden wälzte ich mich auf meinem Sofa hin und her, dann rief ich Mia an, um mich zu entschuldigen und sie zum Frühstück ins Café einzuladen. Doch nur ihr Anrufbeantworter nahm meine Botschaft entgegen, bei der ich ein paar Mal ins Stottern geriet auf der Suche nach den richtigen Wörtern. Anschließend sprach ich etwas flüssiger den gleichen Text auf die Mailbox ihres Handys.

Natürlich ging sie nicht ans Telefon, um mich für den nächtlichen Aufbruch zu bestrafen. Wahrscheinlich hörte sie meine Ansage mit und weidete sich an meiner Unbeholfenheit.

Ich wartete eine weitere Stunde, bis Clarissa ihr Café öffnete, um bei ihr zu frühstücken. Ich trat ein. Mia saß mit dem Rücken zum Tresen und strahlte. »Du brauchst aber lange, bis du hier erscheinst. Wo warst du?«

Ich fiel in ihre ausgebreiteten Arme. Wir küssten uns.

»Ich will keine Ausreden hören.« Sie drehte sich auf dem Hocker zu Clarissa. »Ich weiß, dass alle Männer, die hierherkommen, in Clarissa verliebt sind. Stimmt es?«

»Natürlich stimmt es«, antwortete ich für Clarissa. »Das Problem dieser Bar ist es, dass alle Männer mit Clarissa altern. Irgendwann ist es ein Lokal der alten Männer, die stumm am Tresen sitzen und sich verzweifelt fragen, warum sie Clarissa nie einen Heiratsantrag gemacht haben.«

Clarissa grinste und ging zur Kaffeemaschine, um Milchkaffee zu machen. »Das genau ist meine Geschäftsidee.«

Wir setzten uns an einen der Tische, ließen uns zum Kaffee gefüllte Croissants bringen und sahen uns schweigend beim Essen zu.

»Weißt du, ich war irgendwie erleichtert, als ich am Morgen feststellte, dass du gegangen warst. Ich sehe morgens fürchterlich aus. Es hätte dich erschreckt.« Sie spielte auf den Zettel an, den ich hinterlassen hatte.

»Ich bin in der Phase, wo ich das gar nicht bemerken würde.«

»Wie nennt man diese Phase?«

»Vielleicht Liebe oder etwas Ähnliches, auch mit Tränen.«

»Keine Tränen.«

»Außerdem, was glaubst du, wie zerknittert ich morgens aussehe.«

»Männer dürfen das. Und ich weiß genau, wie du ausgesehen hättest.« Sie tippte ihren Finger in den Rest der Schokoladenfüllung ihres Croissants, neigte sich vor und malte mir damit Linien ins Gesicht. Sie beugte sich zurück, betrachte ihr Werk.

»Schrecklich schön. Ich mach es wieder weg.« Sie kam um den Tisch und leckte mir die Schokolade aus dem Gesicht.

Sie setzte sich wieder und grinste. »Du weißt, was ich eben gemacht habe. Es ist ein Zauber aus dem Urwald. Man leckt das Gesicht seines Geliebten ab, und er wird einen nie mehr verlassen.«

»Im Urwald gibt es keine Schokolade.«

»Doch, die Missionare verteilen sie großzügig als Gabe Gottes.«

Hinter mir öffnete sich die Tür und ich sah, wie Mias Blick über mich hinwegging. Ihre Augen vergrößerten sich ein wenig und sie erhob sich langsam, dann rief sie: »Antje! Du bist es doch?«

Es war Limette. Die beiden Frauen umarmten sich.

»Antje?«, fragte ich.

»Schrecklicher Name, nicht wahr? Er gehörte zu dem Job. Ich musste mich so nennen.« Limette setzte sich zu uns und Mia erzählte, dass sie sich vor etwa fünf Jahren bei einem Job im Kaufhaus kennengelernt hatten, bei der Antje-Limette sich hinter einer holländischen Tracht verbergen musste, um die Kunden zu überzeugen, ihre Käseproben zu essen.

»Sie sprach sogar mit holländischem Akzent! Es war ein wunderbarer Anblick.« Mia unterbrach sich, griff nach Limettes Hand. »Entschuldige, ich hab dir Holm noch gar nicht vorgestellt.«

»Nicht nötig. Wir kennen uns gut.«

»Tee?«, fragte ich Limette.

»Ja, bitte.«

Ich stand auf, überlegte einen Moment, ob es möglich wäre, einen fiktiven Termin vorzuschieben, um die Bar zu verlassen. Wenn die beiden sich kannten und ins Reden kamen, würde meine Beziehung zu Mia offensichtlich, die im Gegensatz zu dem Vertrag mit Limette stand. Ich ging zum Tresen, bestellte bei Clarissa Tee und einen weiteren Milchkaffee. Vielleicht sollte ich einen süßen Schnaps trinken, um das folgende Gespräch zu überstehen. Ich ließ es bleiben, ging zurück.

»Weißt du, dass Mia damals Kaufhausdetektivin war?« Limettes Wangen hatten eine rötliche Färbung bekommen, vor Begeisterung, eine alte Freundin wiedergetroffen zu haben.

»Detektivin?« Ich wiederholte das Wort.

Mia sah mich nicht an, sondern schob mit der Handkante Krümel auf der Tischplatte zusammen, als wäre es eine wichtige Arbeit, die ihre gesamte Aufmerksamkeit erforderte. Ich ging wieder zum Tresen, um die Getränke zu holen.

»Ich bringe es euch doch«, sagte Clarissa.

»Für mich einen doppelten Sambucca«, flüsterte ich.

»So früh am Morgen? Ist es so schlimm?« Clarissa verhinderte durch das Klappern von Gläsern, dass die beiden Frauen ihre Fragen hörten.

Ich zog den Kopf zwischen die Schultern. »Eine Katastrophe.«

»Willst du weg?«

Ich nickte. Clarissa wählte auf dem Handy eine Nummer und der Festnetzanschluss der Bar klingelte. Ich ging langsam zum Tisch zurück.

Clarissa rief mich. »Da ist jemand am Telefon für dich, Holm.«

Ich ging zurück, nahm den Hörer. »Ja«, sagte ich. Natürlich war niemand dran. »Gut«, sagte ich in den Hörer, »dann komme ich gleich vorbei.«

Ich drückte Mia mit der Hand auf die Schulter, sodass sie sitzen blieb und gab ihr einen Kuss auf die Stirn. Auf diese Weise verabschiedete ich auch Limette. »Ich muss leider weg. Ein Auftrag.«

Draußen auf der Straße sagte ich zu mir: »Und ich habe doch recht: Liebe und Tränen gehören zusammen.«

23. Kapitel

Wir werden ein langes, zufriedenes Leben haben.

Das Einfamilienhaus grenzte sich scharf ab. Eine weiße, vier Steine hohe Klinkermauer umgab das Grundstück. Das Haus war aus den gleichen Steinen gefertigt, von quadratischem Grundriss. Es stand direkt an der Rasenkante. In meiner Missstimmung kam es mir vor wie eine Fahrstuhlkabine, die sich bei Bedarf bis ins dritte Untergeschoss der Hölle absenken ließ, da wo solche Häuser geplant und gebaut wurden. Immerhin hätten meine Farbbomben wunderbare Muster hinterlassen.

Ich erkannte die Frau in der Tür wieder.

»Guten Tag, ich bin auf der Suche nach Almut.«

»Almut?« Sie senkte ihre Brauen über die Augen. Sie erkannte mich nicht.

»Ich war damals mit ihr befreundet. Ich bin Holm, Christian Holmeier.«

Sie erinnerte sich auch nicht an meinen Namen. Aus dem Inneren des Hauses kam ein etwa zweijähriges

Kind, hängte sich an die Hand der Mutter, zog die Beine ein und verwandelte sich in einen mit Einkäufen gefüllten Sack. »Bunker«, sagte es und wiederholte das Wort.

»Sie ist ein bisschen zurück.« Sie schaukelte das Kind an ihrer Hand.

»Es war schon damals so. Niemand erinnert sich an mich. Ich bin der Unsichtbare.«

»Der Unsichtbare.« Sie streckte einen Zeigefinger vor. »Richtig. Almut hat Sie so vorgestellt. Und ich dachte, was hat sie bloß. Jetzt erkenne ich Sie.«

Das richtige Stichwort öffnete mir das Haus. Ich gelangte bis in die weiße Einbauküche. Zwei Töpfe dampften auf dem Herd. Das Kind kletterte in einen Hochstuhl. Ich musste mich gegenüber setzen. An der Wand klebten Postkarten. Eine war an Marie und Ferdinand adressiert. Marie, genau, das war ihr Name.

Sie rührte in den Töpfen. »Mein Mann ist heute zu Hause, da muss das Essen pünktlich auf den Tisch.« Sie zeigte mit dem Kochlöffel auf das Fenster zum Garten. »Ferdinand sagt, feste Zeitpunkte sind die Marksteine im Chaos des Lebens.«

»Da hat er recht.« Ich stand auf. »Was gibt es?« Es roch säuerlich. Meinem Magen gefiel es nicht.

»Senfeier mit Kartoffelbrei. Die Kleine isst es so gern. Möchten Sie was trinken?«

»Danke, nein.«

Durchs Fenster sah ich im Garten am Rand einer großen Grube einen Mann mit einem Spaten.

»Das ist Ferdinand. Er sorgt für Sicherheit.« Marie legte ein schmales Lächeln auf die Lippen. »Ferdinand gab es zu Almuts Zeiten noch nicht. Ich wohnte hier allein mit meiner Schwester. Aber Almut hat schon damals gesagt: ›Wenn du Familie hast, brauchst du einen Bunker.‹«

»Einen Bunker? Das hat sie wirklich gesagt?«

»Exakt so. Ich glaube, bei unserem letzten Gespräch.«

Das Kind begann das Wort Bunker endlos zu wiederholen.

»Es ist natürlich nur ein Fertigbunker. Er wird heute geliefert und im Garten eingegraben.«

»Wozu nützt der?«

»Oben drauf wird ein kleines Boot unter einer Plane liegen.«

»Ein Boot?«

»Der Meeresspiegel steigt und die Unwetter nehmen zu. Jedes Jahr kommen die Überschwemmungen näher. Und überhaupt …«

»Was?«

»Die Welt wird immer unbewohnbarer.«

»Die Menschen sind schlecht.«

»Genau das meine ich, man braucht einen sicheren Rückzugsraum.«

Vielleicht keine schlechte Idee, in einem Bunker zu leben, ohne Kontakt zur Außenwelt. Jetzt, da sich meine erste Liebe als Detektivin herausgestellt hatte. Es war keine Doppelgängerin, die in der Nacht an mir vorbeigefahren war. Es war Mia. Und am Eingang meines Bunkers würde ich ein Schild befestigen: *Frauen ist der Zutritt verboten.*

Ich ging zurück zum Tisch. Das Kind hatte eine Pfütze auf die Tischplatte gespuckt und gab ihr mit der

Hand unterschiedliche Formen. Ein Spiel, das Clarissa oft mit dem Wasser auf ihrem Tresen vollführte.

»Mama, guck mal, ein Bunker.«

Marie strich dem Kind über den Kopf. »Sehr schön.«

»Was macht Almut heute, wo ist sie?«

»Ach je, Almut.« Sie betrachtete die Postkarten an der Wand. »Ehrlich gesagt, habe ich keine Adresse mehr. Sie verschwand einfach, sagte, sie würde aufs Land ziehen. Ich bekam später noch eine Postkarte von ihr. Wo ist die hingekommen?«

Sie lief aus der Küche, kam mit einem Karton voller Karten und Briefe zurück. Sie suchte darin. »Almut hat alles hinter sich abgebrochen. Sie wollte nicht, dass man weiß, wo sie wohnt.«

»Klingt, als wäre sie in den Untergrund gegangen.«

»Untergrund? Welcher Untergrund?«

»Sie war doch sehr politisch.«

»Nein. Ich glaube, sie hat irgendwas ausgefressen und ist deshalb untergetaucht. Ich erinnere mich gut an das letzte Gespräch. Sie wirkte gehetzt, als stünde sie unter Druck. All ihre Gelassenheit, ihr analytischer Verstand war weg.«

»So kannte ich sie nicht.«

»Ich glaube, es hing mit ihrer Arbeit zusammen.«

»Was hat sie zuletzt gemacht?«

»Sie hat es nie erzählt, aber manchmal hatte sie sehr viel Geld. Ich meine, Bargeld in ihren Taschen. Bündelweise.«

»Wirklich? Mir hatte sie erzählt, sie fahre Medikamente aus.« Ich lernte wieder eine neue Seite von Almut kennen.

»Medikamente!« Marie lachte laut, einige Postkarten fielen ihr aus der Hand, segelten über den Kachelboden der Küche. Das Lachen machte aus mir einen Dummkopf.

Marie bückte sich, hob eine der Karten auf. »Das ist sie, als wollte sie gefunden werden!« Sie schob mir die Karte hin. Vorn ein Schwarz-Weiß-Foto von Friedrichstadt in Schleswig-Holstein: Kleine Häuser entlang eines Kanals. Hinten stand in Almuts Handschrift: *Liebe Marie, alles ist gut. Wir werden ein langes, zufriedenes Leben haben. Lebwohl, Almut.*

»Das klingt wie ein vereinbartes Codewort.«

Marie lachte. »Wofür?«

»Für einen verabredeten Mord.«

Ich versuchte, den Poststempel über der Briefmarke zu entziffern. Die Karte hatte vor Jahren den Automaten eines Briefzentrums durchlaufen.

Es klingelte.

»Kannst du behalten.« Marie ging zur Haustür.

Ich folgte ihr. Auf der Straße stand ein Transporter mit dem Fertigbunker auf der Ladefläche. Ein Kranwagen parkte hinter ihm ein.

24. Kapitel

Bin ich ein soziales Wesen, und wenn ja, warum handle ich nicht danach?

Da stimmt doch was nicht.« Clarissa drehte sich um zur Kaffeemaschine. »Wenn du mich fragst.«

Manchmal liebte ich die Pause, die uns das Zischen und das Rattern der Maschine aufzwangen. Ich bekam meinen Cappuccino über den Tresen geschoben und blickte in Clarissas Augen. Mir wurde schwindelig, ich hielt mich am Tresen fest.

»Trink!« Es war ein Befehl. Wahrscheinlich wusste sie, wie mir zumute war.

Nach dem ersten Schluck verschwand der Schwindel.

»Was ist los mit dir?«

»Ich weiß nicht.« Ich trank noch ein paar Schlucke.

»Ich glaube …« Clarissa dehnte die Worte. »… ich glaube, diese Miau …«

»Mia.«

»Das ist dasselbe, der Name passt nicht zu ihr. Die heißt bestimmt ganz anders. Also, diese Mia hat etwas in dir geweckt – und nun wirst du es nicht mehr los.«

»Was denn?«

»Vielleicht die Möglichkeit der Liebe zu Frauen. Vorher wusste man nicht so genau, für welches Geschlecht du dich entscheidest, vorher hätten es auch Männer sein können. Aber vielleicht ist auch nur eine spezielle Form der Liebe geweckt geworden, von der du bisher nichts ahntest, zum Beispiel, gemeinsam von einem Hochhaus in den Tod zu springen. Oder aber, dir ist endlich bewusst geworden, dass du kein Mensch bist, sondern von einem fernen Planetensystem hierher abgesetzt wurdest. Vielleicht aber hast du dich auch nur von dem Zauber befreit, ein Hund zu sein, und hast das Fell abgeschüttelt und bist endlich ein nackter Mensch geworden.«

»Meine Güte, was nun?«

»Wie auch immer, diese beiden Frauen, Limette und Mia, haben da gesessen und es erschien mir, als würden sie sich jeden Moment aufeinander stürzen, miteinander kämpfen und du wärst der Preis für die Siegerin. Ich hasse es, wenn sich Frauen so benehmen. Das lohnt sich für keinen Mann. Es bedeutet, dass sie ihre Beziehung zum wichtigsten Inhalt ihres Lebens machen wollen. Aber Beziehungen sind heutzutage in der Regel nur Episoden, die uns von den wichtigen Fragen ablenken.«

»Welche Fragen?«

»Zum Beispiel: Bin ich ein soziales Wesen, und wenn ja, warum handle ich nicht danach?«

»Clarissa, du überraschst mich.«

»Nur weil ich hinter einem Tresen stehe, bin ich nicht dumm. Es ist eher so, dass er eine Barriere ist, hinter der ich geschützt beobachten kann, was vor mir – in meiner Umgebung – alles schiefläuft.«

»Und was ist das?«

»Alle schwimmen an der Oberfläche – niemand taucht in die Tiefe oder springt hoch in die Luft.«

»Und wenn es einer tut, hält man ihn für verrückt oder versteht nicht, was er will.«

Clarissa nickte.

»Ich verstehe dich sehr gut.« Ich trank meinen Kaffee aus. »Wenn mehr Menschen so denken, wäre es ein Alarmsignal. Die Zeit eines Umbruchs.«

»Wir sind viele. Aber nun erzähl mir von den beiden Frauen.« Sie drehte sich um, stellte die Musik lauter, damit keiner der Gäste mithören konnte.

Ich erzählte von der Abmachung mit Limette, meiner Vermutung, dass dahinter uneingestandene Liebe stehe. Und ich berichtete von meinem Zusammenstoß und der daraus entstandenen Liebe zu Mia. Und zum ersten Mal hatte ich dabei das Gefühl, etwas geschehe mit mir, ohne dass ich darauf Einfluss nehmen könnte. Ich schwankte darin, wie das zu bewerten sei, ob ich das als positive Entwicklung sehen könnte. Mir fiel ein, es ging meinen Auftraggebern im negativen Sinn genauso. Sie fühlten sich einer Macht ausgeliefert. Und sie wählten meine Arbeit für das Ausleben ihrer Wut. Wäre es nicht besser, sie würden ihre Wut behalten?

Clarissa schwieg, sie drehte sich zur Kaffeemaschine, bereitete mir einen weiteren Cappuccino. Das Rattern und Zischen der Maschine galten mir als Kommentar.

Ich bekam meine Tasse zugeschoben. »Die Liebe ist eine Form bedingungsloser Anerkennung, die einen Menschen verwandelt. Aus ihm wird ein Wesen, in das sich sofort auch andere verlieben. So geht es immer.«

»Sagte die weise Frau hinter der Barriere.«

Clarissa lächelte, zog die Mundwinkel herab. »Beziehungen, das große Abenteuer. In diesem Fall hätte ich vor hundert Jahren noch auf deinen Tod gewettet. Limette tötet dich mit einem langsam wirkenden Gift. Mia erschießt dich. Sie ist genau die Frau, die in den Falten ihres Kleides eine Pistole verbirgt.«

»Vor hundert Jahren.«

»Manchmal hat sich nichts geändert.« Clarissa wendete sich der Kaffeemaschine zu, polierte den Dampfhahn, um nachzudenken, dann kam sie zurück. »Was arbeitet diese Mia?«

»Sie sagt, sie sei eine Art Journalistin, recherchiere aber für andere. Ich habe kein präzises Bild von ihrer Arbeit. Vor Jahren, als Limette sie kennenlernte, war sie Detektivin in einem Kaufhaus gewesen.«

»Das passt.« Clarissa stützte die Ellbogen auf den Tresen, verschränkte die Hände unterm Kinn und biss sich mehrmals in die Finger, dann sagte sie: »Wie sollen wir jetzt noch auf dich aufpassen?«

»Was willst du damit sagen?«

»Dass man auf dich aufpassen muss.« Sie versteckte ihr Gesicht hinter den Händen und als es wieder hervorkam, blitzten ihre Augen, als hätte sie eine Idee gehabt.

25. Kapitel

Ich war eine Art Kopfgeldjäger.

Etwas trieb mich. Ich fuhr mit dem Auto durch die Stadt, auf der Suche nach Erinnerungen an Almut. Welche Freunde hatte sie damals gehabt. In welche Lokale waren wir gegangen?

Fast wäre ich auf einen Wagen, der vor mir plötzlich bremste, aufgefahren. Ich suchte eine Parklücke am Straßenrand und hielt an. Ich war zu sehr in Gedanken, um ein Auto zu lenken. Was trieb mich an? Meine Suche nach Almut, oder war es die neu entdeckte Liebe, die gleichzeitig einen Konflikt heraufbeschwor? Limette oder Mia. Fürchtete ich mich davor, dass Mia aus reiner Berechnung mit mir zusammen war, um mich zu überwachen? Wollte ich das wirklich herausfinden?

Bisher lenkte ich mein Leben durch bewusste Entscheidungen. Nein, es begann mit Almut. Sie verließ mich, und ich beschloss, mein Denken auch zu meinem Handeln zu machen. Jetzt aber verlor ich die Kontrolle. Und seit Clarissa mit so viel Nachdruck behauptet hatte, man müsse auf mich aufpassen, wurde mir langsam bewusst, dass ich bereits außer Kontrolle war.

Mit meinem Job musste ich sofort aufhören. Er bewegte sich immer an einer kritischen Grenze. Es gab Gründe, auch mich mit Farbbeuteln zu bewerfen. Ich war eine Art Kopfgeldjäger.

Zwar hatte ich die Moral auf meiner Seite, aber ich wurde bezahlt. Beides ging nicht zusammen.

Andere Farbbeutelwerfer waren keine Konkurrenten, und ich konnte mich mit ihnen nicht vergleichen. Ihre Aktivitäten waren die Folge ihrer politischen Haltung. Sie bekamen kein Geld dafür, sondern ein besseres Gewissen. Vor ein paar Tagen war ihr Ziel das Haus eines Architekten gewesen – mit roter Farbe. Für mich kam von Anfang an nur schwarze Farbe infrage. Das Foto in der Zeitung zeigte die roten Farbkleckse auf den Fenstern, einer hatte die Form eines mit erhobenen Armen aufschreienden Menschen. Der Architekt wehrte sich in der Zeitung, es habe den Falschen getroffen, er sei kein Ausbeuter. Er habe nur die Bauwerke geplant. Für die unmenschlichen Arbeitsbedingungen, unter denen sie erstellt wurden, sei er nicht zuständig. Ein Argument, das mich an einen Baumeister erinnerte, der während des Nationalsozialismus nur die Baracken der Konzentrationslager geplant hatte.

Der Architekt behauptete außerdem in der Zeitung, er habe diesen Auftrag nicht annehmen wollen, er sei von seinen Partnern überstimmt worden. Wollte er damit sagen, er wusste um die Arbeitsbedingungen bei der Ausführung seiner Planungen? Warum erinnerte mich das alles an die Rechtfertigungen der Nazis als nach dem Krieg ihre Schandtaten zur Sprache kamen?

Als eine Art Fazit sagte der Architekt, es gehe den Angreifern nur um Gewalt und um sonst nichts. Dass er mit seiner Arbeit zur Ausübung von Gewalt beitrug, kam ihm nicht in den Sinn. Er forderte für sich Polizeischutz.

Ich fragte mich, ob meine Opfer ebenso wenig ihre Taten reflektierten und in ihren Denkklischees verharrten. So wie dieser Architekt ein Flugblatt mit den Vorwürfen gegen ihn bekam, so schickte ich zuerst eine anonyme Mail. Aber eines meiner Opfer direkt zu befragen, wagte ich nicht. Er könnte aus meiner Fragestellung schließen, ich wäre der Farbbeutelwerfer.

Wenn es mir in meiner Verunsicherung doch nur gelänge, Almut aufzutreiben. Ich glaubte, sie wäre in der Lage, mit ein paar Sätzen einen theoretischen Unterbau zu liefern, der mein Handeln politisch korrekt einordnete. Welche Philosophen sollte ich lesen? Kant, Adorno, Luhmann? Almut hatte es mir damals gesagt.

Und jetzt?

Aber zuerst einmal musste ich mit Mia reden. Sie war der Auslöser meiner Konfusion. Oder sollte ich über sie recherchieren, sie überwachen? Nein, ich musste ihr eine einfache Frage stellen und sehen, wie sie darauf reagierte. Selbst, wenn danach alles zu Ende sein würde.

Ich fuhr aus der Parklücke und bremste sofort wieder. Etwas Schwarzes sprang zwischen den Autos auf die Fahrbahn. Ein Mann mit unverkennbarer grünlicher Gesichtsfarbe. Olaf, ein Freund Almuts. Ich drückte auf die Hupe, damit er mich erkannte. Er drohte mir mit der Faust, doch dann hellte sich sein Gesicht auf.

Ich fuhr rückwärts wieder in die Parklücke.

26. Kapitel

Wer sie findet, findet den Tod.

Der Unsichtbare!« Olaf rüttelte an meinem Oberarm. »Lass uns einen Kaffee trinken gehen.«

Er zog mich mit sich über die Straße, als wäre ich jemand, auf den man aufpassen muss, damit er nicht überfahren wird. Wir gingen zu einem Ecklokal, das ich aus der Zeit mit Almut kannte. Von außen inspizierte Olaf durch die Fenster alle Besucher. »Hier ist es okay.«

»Was befürchtest du denn?«

»Man weiß ja nie, wer da so herumsitzt.« Er nahm einen Tisch weit entfernt von den anderen. »Ich weiß gar nicht mehr, wie du heißt.«

»Holm.«

»Richtig, es war ein Kampfname.« Er zog seinen schwarzen Kapuzenpulli über den Kopf, der auf der Brust einen weißen Totenkopf hatte.

»Du heißt Olaf, nicht wahr. Dein Name ist mir sofort eingefallen. Ich erinnere mich daran, wie Almut dich rief, sie betonte immer das A.«

Er lachte »Nicht mein richtiger Name. Er kommt von einem Werbefilm aus früheren Zeiten für ein Hustenmittel. Da wurde ein Artist gezeigt, von dessen Standfestigkeit andere abhängig waren. Er hustete. Und alle flüsterten: Olaf hat Husten. Ich hustete immer viel durch mein Asthma – so kam das. Wusstest du das nicht?«

»Olaf hat Husten. Wir haben alle Kampfnamen. Woher kommt eigentlich deine grünliche Gesichtsfarbe?«

»Ist ein Mittel gegen Neurodermitis.«

»Erinnerst du dich an Almut? Ich versuche, sie wiederzufinden.«

»Wirklich? Es ist besser, das nicht zu tun.«

Wir bestellten zwei Milchkaffees.

»Sag mal, Olaf, du kanntest Almut doch lange vor mir?«

»Ich war an der Uni. Wir studierten beide auf Lehramt.«

»Ist was draus geworden?«

»Bei mir nicht. Vielleicht mache ich irgendwann mal weiter mit dem Studium.«

»Und was ist mit Almut?«

»Sie ist weg, abgetaucht.«

»Was heißt das?«

Olaf sah sich um, prüfte, ob wir belauscht werden konnten. Dann kam er mit dem Kopf über den Tisch. »Ich weiß es nicht genau, aber ich glaube, sie versuchte, mit einer Gruppe den Reichstag in Brand zu stecken. Es hat offensichtlich nicht geklappt.«

»Wie damals in der Nazizeit?«

»Eben deshalb. Weil wir keine Demokratie mehr haben.«

»Haben wir nicht?«

»Dazu gehören funktionierende Medien und Politiker, die nicht nur auf Machterhalt aus sind. Und eine kritische Bevölkerung, die sich nicht danach sehnt, dass einer für alle denkt. Ich dachte, du wärst jetzt auch dabei.« Er lehnte sich wieder zurück. »Einer von uns.«

Ich hatte plötzlich den Eindruck, er könne ein Spitzel in der Szene sein, in der er wohl Mitglied war.

»Mensch Holm, Almut sagte doch immer, aus deinen Eigenschaften müsstest du was machen.«

»Welche Eigenschaften?«

»Dass man dich nicht bemerkt.«

»Ach so. Aber was? Mir ist nichts eingefallen. Ich bin ein Nichts. Deshalb will ich ja mit Almut sprechen. Wann hast du sie zuletzt gesehen?«

»Weiß ich nicht mehr so genau. Lange her.«

»Wenn ich sie treffen wollte, wo müsste ich anfangen?«

»Ich nehme an, sie wird inzwischen mit internationalen Haftbefehlen gesucht. Wer sie findet, findet den Tod.«

Der Kaffee kam, und er trank ihn fast mit einem Zug aus. »Hör mal, ich hab nicht so viel Zeit. Und ich weiß auch nicht, was du heute so machst.« Er suchte Distanz, erhob sich halb, wollte gehen.

Ich hatte das Gefühl, er glaubte jetzt, ich sei bei einem Nachrichtendienst oder bei der Polizei. Mir kam eine neue Idee. »Almut hat mir damals viel Geld geliehen. Ich würde es ihr gern zurückgeben. Vielleicht kannst du das arrangieren. Ich gebe dir das Geld und du …«

»Das müsste in bar gehen ...« Er setzte sich wieder.

»Klar, kein Problem.«

»Wie viel ist es denn?«

»So dreitausend.«

Er hob die Stirn und grinste. Das war für ihn viel Geld, und er wollte es offensichtlich für sich behalten. Doch dann sagte er: »Und ich brauche ein bisschen Fahrgeld oben drauf. Nicht viel, fünfzig etwa. Man darf nur mit der Bahn kommen und muss dann noch über die Felder laufen, damit sie sieht, wer kommt.«

Es überzeugte mich, dass er wirklich wusste, wo sie wohnte und er ihr das Geld tatsächlich bringen wollte.

»Kannst du mir nicht die Fünfzig jetzt geben, dann kann ich schon mal eine Fahrkarte kaufen.« Olaf holte eine Zigarettenpackung aus der Jackentasche. »Ich geh mal raus, eine rauchen.« Er nahm seinen Pulli mit.

»Ich lade dich zum Kaffee ein.« Ich ging zum Tresen, um zu bezahlen. Die Bedienung kam mir mit ihrem braunen Muttermal auf der Stirn bekannt vor. Es hatte die Form einer kleinen Maus und ich erinnerte mich, dass sie mal behauptet hatte, es sei eine Tätowierung.

»Ich zahl die beiden Kaffees.«

Sie schob erst die Mundwinkel nach oben, dann nach unten. »Sag Olaf, er soll mal seine Schulden von gestern bezahlen.«

»Wie viel ist es denn?«

»Rund fünfzig. Der war total voll gestern, ist sogar vom Barhocker gefallen.«

»Hast du Almut mal gesehen? Du erinnerst dich doch …«

»Almut! Oh Gott! Nee. Die lebt doch auf dem Land bei Friedrichstadt. Der Ort hieß … irgendwas mit Büttel hinten dran. Die kommt nicht mehr her.«

Ich ging zu Olaf, der draußen an seiner Zigarette sog, als wäre er unter Wasser und würde durch sie die Luft zum Atmen bekommen. Ich redete mit ihm über die Zeiten mit Almut, gab im einen Fünfziger für die Fahrkarte. Er drückte die Zigarette aus, zog seinen Pulli wieder an und schob seine Kapuze über den Kopf. Ich verabschiedete mich. Er blieb mit dem Rücken an der Wand des Lokals stehen. Von der anderen Straßenseite sah ich ihn wieder in das Café gehen. Am Tresen zückte er meinen Fünfziger fürs Fahrgeld.

27. Kapitel

Ich koche was in Grün.

Ich glaube, ich kann mich von meinem Auto noch nicht trennen.« Ich dachte an die Symbiose, die ich mit meinem Wagen eingegangen war. Er warnte mich, lange bevor ein Unglück geschah. Dafür wusch ich ihn nicht. Denn danach fühlte er sich immer nackt und zitterte, so wie jetzt. Dreck war für ihn eine Art Pelzersatz.

»Sie müssen noch quittieren.« Wir gingen in sein Büro und kamen an Mias Wagen vorbei. »Der ist auch fertig. Ich habe Mia schon angerufen. Eigentlich wollte sie jetzt hier sein.«

Im Büro unterschrieb ich, er gab mir meine Wagenschlüssel, und ich ließ die des Leihwagens zurück. Beim Einsteigen bemerkte ich, dass der Wagen auch von innen gesäubert worden war. Die Scharniere der Fahrertür knurrten: »Mach mich dreckig.«

»Bald«, sagte ich. »Wir müssen aufs Land in die Nähe von Friedrichstadt.« Es war einfach gewesen, den Ort zu finden. Und in einem Schulverzeichnis hatte ich sogar Almuts Namen unter den Lehrerinnen gefunden.

Ich startete den Wagen und schaltete ihn wieder aus, denn Mia kam durch die Einfahrt, ihr orangefarbenes Kleid wehte ihr voran.

Ich ging ihr entgegen. Sie umarmte mich. »Du kommst doch heute Abend?«

»Wohin?«

»Zum mir. Ich koche was in Grün. Es passt am besten.«

»Zu was?«

»Zu Orange und zu meinem Vorhaben, dir etwas Unangenehmes zu sagen.«

»Du bist zum fünften Mal verheiratet und hast sechs Kinder?«

Sie grinste. »So ungefähr. Und die ehemaligen Ehemänner wollen dich umbringen.«

Ich fuhr aus der Einfahrt der Werkstatt, und fast wäre es zu einem neuen Unfall gekommen, weil im gleichen Moment ein anderer Wagen aus einer Parklücke kam, mich fast gerammt hätte. Der Fahrer gab Gas, fuhr an mir vorbei. Ich sah ihn fluchen. Es war Gandalf. Verfolgte er mich immer noch?

Ich fuhr zu meiner Wohnung, durchsuchte alles auf mögliche Spuren, die auf meine Tätigkeit hindeuten konnten. Ich fand ein paar vergessene Gummihandschuhe, brachte sie zu meinem Versteck in den Keller. Ich hatte gerade eine neue Möglichkeit entdeckt. Es gab einen Gemeinschaftsraum, in dem Fahrräder standen. In einem kleinen Einbauschrank hatte sich früher eine Wasseruhr befunden. Der Schrank war leer, seit alle

Wohnungen einen eigenen Wasserzähler bekommen hatten. Einer meiner Schrankschlüssel passte. In ihm befand sich jetzt mein Karton mit den Utensilien für die Farbbomben. Vor meiner Reise zu Almut würde ich alles zu den Müllbehältern bringen. Wenn ich aus Friedrichstadt zurückkam und die Möglichkeit sah, weiterzumachen, würde ich alles neu kaufen. An dem Karton hatte ich sicher schon ausreichend Hautschuppen für einen DNA-Test hinterlassen.

Ich rechnete damit, dass mir Almut meine bezahlte Tätigkeit ausreden würde.

Ich ging zurück in die Wohnung. Ich besaß ein altes Prepaid-Handy, das ich in vier Teile zerlegt hatte, mit dem ich früher mit meinen Auftraggebern telefoniert hatte. Ich steckte es zusammen und schaltete es ein. Auf der Mailbox befand sich eine neue Mitteilung. Ein Mann jammerte, dass er mich nicht erreichen könne. Er habe einen brandheißen Auftrag für mich. Ich wusste, wer es war und was er wollte. Es war das Stichwort, ein Auto anzuzünden. Ich kannte seinen Fall. Ein sogenannter Vermögensberater hatte ihn um seine gesamten Ersparnisse gebracht, sich ins Ausland abgesetzt und war vor einigen Jahren zurückgekehrt. Und anscheinend hatte er sein eigenes Vermögen gerettet.

Vielleicht sollte ich diesen letzten Auftrag noch erledigen. Aber das Handy musste sofort verschwinden. Ich nahm die Karte heraus, zerschnitt sie in kleine Teile und zerlegte das Mobiltelefon. Auf dem Weg zu Mia hielt ich an, warf die Kartenteile in einen Müllbehälter und auf einer Brücke über einem Kanal warf ich die Teile des Telefons ins Wasser.

Mia öffnete mir die Tür, führte mich in die orangefarbene Höhle. Ich musste mich setzen, bekam ihren orangefarbenen Aperitif.

Sie kniete sich vor mich. »Liebst du mich?«

»Ich glaube ja, jedenfalls ist mir so etwas wie mit dir noch mit keiner Frau passiert.«

»Mir geht es ähnlich, und ich möchte gern mit dir zusammenbleiben. Aber die entsetzliche Wahrheit ist, alles, was zwischen uns passiert ist, war geplant.«

28. Kapitel

Du musst es mir ja nicht erzählen.

Ich hatte einmal einen Film gesehen, in dem der Verfall von Früchten im Zeitraffer gezeigt wurde. Es war auch eine Apfelsine dabei.

Mia sank vor mir auf dem orangefarbenen Teppich auf die gleiche Weise in sich zusammen, wurde immer kleiner, und ihr Gesicht bekam viele Falten. Vielleicht verschwand sie ganz, und wenn ich das Kleid hochheben würde, war niemand mehr darunter. Ich streckte meine Hände nach ihr aus, versuchte, sie festzuhalten, und zwischen meinen Beinen und Armen richtete sie sich langsam auf und legt ihren Kopf auf meinen Bauch.

Langsam begann sie zu erzählen, ohne mich dabei anzusehen. Sie sei als freie Journalistin in einer Bürogemeinschaft mit einer weiteren Frau und einem Mann. Der Mann gebe kleine Rechercheaufträge an die Frauen. Und auf diese Weise habe sie einen Auftrag bekommen, einer bestimmten Person zu folgen, um alle Daten über diesen Menschen zu sammeln. Das Problem sei nun, dass es nicht um journalistische Arbeit gegangen sei, sondern der Mann in ihrem Büro betreibe eine Detektei, lebe in der Regel davon, dass er Beweise für die Untreue eines Partners sammle. Sie habe anfangs gedacht, es gehe auch in meinem Fall um so etwas. »Ich habe den Auftrag sofort zurückgegeben, als ich mich in dich verliebte.«

»Der Detektiv ist Gandalf?«

Sie nickte, noch immer wagte sie nicht, mir in die Augen zu sehen.

»Wieso gibt er dir solche Aufträge, du fällst doch auf mit deiner Kleidung, dich bemerkt jeder, wenn du ihm folgst.«

»Das macht nichts.«

»Du kannst doch niemandem unauffällig folgen.«

»Gandalf sagt, ich soll mich ruhig ansprechen lassen, dann erfahre ich noch viel mehr über die jeweilige Person.«

»Aber ich … habe … nicht … Willst du etwa behaupten …«

»Ja, Gandalf hat gesagt, ich soll so handeln, damit ich schneller an die Informationen komme.«

»Der Verkehrsunfall war inszeniert?«

Sie nickte. Noch immer bekam ich keinen Blick. Die Stelle meines T-Shirts, auf der ihr Kopf lag, war feucht.

»Und durch den Unfall ist es passiert Als du ausstiegst, da habe ich mich in dich verliebt …«

Wir schwiegen eine Weile, und ihr Kopf auf meinem Körper hob und senkte sich ein wenig durch meinen Atem, als wäre sie selbst gar nicht mehr lebendig.

Hätte ich früher auf die leisen Warnsignale aus der Tiefe meiner Brust gehört, alles, was sie beichtete, wäre mir bereits bekannt gewesen. Ich hatte es nicht wissen wollen.

Nun war alles zu Ende.

Doch in diesem Moment pochte mein Herz darauf, bei Mia zu bleiben.

»Ich kann nicht Jahre warten, bis du dich mal wieder verliebst«, jammerte es.

»Nein, nein, einmal aktiviert, geschieht es angeblich immer sehr schnell.«

»Du meinst, du wirst dich wahllos in jede Frau verlieben?«

»Natürlich nur in die Richtige. Du, mein Herz, musst mir ein Zeichen geben.«

»Okay, ich verrate es dir: Die Temperatur im Bereich des Unterkiefers, der Brust und im Schambereich erhöht sich, aber du hast gleichzeitig vollkommen kalte Beine.«

»Woher weißt du das?«

»Wir Herzen haben untereinander eine geheime Kommunikation. Wir tauschen uns aus.«

Mia rührte sich, hob ihre Hände und legte sie neben ihren Kopf auf meinen Bauch und sah mich an, eine Geste, um mein Verzeihen zu erreichen.

»Was hast du über mich herausgefunden?«

»Nichts. Nur dass du irgendetwas Geheimnisvolles machst. Ich musste dir zweimal nachts folgen. Aber ich habe dich jedes Mal verloren. Du warst plötzlich verschwunden.«

»Es ging nicht um mein Privatleben?«

»Ich hab keine Ahnung, um was es ging. Ich wusste ja nicht einmal, was ich herausfinden sollte.«

»Und wer ist euer Auftraggeber?«

»Ich weiß es nicht. Und wenn ich Gandalf richtig verstehe, hat er den Auftrag zurückgegeben, oder er war irgendwie zu Ende.«

»Er folgt mir nicht mehr, bist du sicher?«

»Absolut. Der Auftrag ist zu Ende.«

»Und was glaubst du, was ich mache?«

Sie schüttelte leicht den Kopf. »Du könntest ein Einbrecher sein, ein Auftragskiller, aber im Polizeibericht kam in den Gegenden in jenen Nächten nichts vor. Also ich vermute, du besuchst nachts eine geheimnisvolle Geliebte, wahrscheinlich die Frau eines Prominenten, eines hochgestellten Politikers.«

»Und das würde dir nichts ausmachen?«

»Du musst es mir ja nicht erzählen.«

»Du hast recht.« Ich nahm ihre Hände, zog sie nach oben und küsste sie. Sie hatte mir soeben den Freibrief für weitere Beziehungen zu anderen Frauen, also indirekt auch zu meinem Test mit Limette gegeben. Ich beschloss, unseren Vertrag gleich morgen aufzukündigen.

29. Kapitel

Ich habe nur noch drei bis vier Monate.

Es war schon ein Ritual. Die Birken vor Limettes Fenstern schüttelten die Köpfe über mich, und Limette ging nach einem Kuss auf die Wange sofort in die Küche, um Tee zu kochen. Ich betrachtete das weiße Sofa, setzte mich und stand sofort wieder auf, um zu sehen, ob ich schmutzige Flecken hinterließ.

Ich hörte in der Küche die Kühlschranktür klappen und dachte an Limettes geordnetes Leben, mit jenen Lebensmitteln in der vorderen Reihe, die als Nächstes zu verbrauchen waren.

Doch diesmal folgte ich ihr in die Küche. Sie stand vor dem Wasserkocher, drückte auf seinen Deckel, als könnte sie damit das Kochen des Wassers beschleunigen.

»Kekse?«, fragte ich.

»Ich habe nur dänische Haferkekse.«

»Gut.«

»Oh, ich dachte, sie wären dir zu schlicht.«

»Welche passen zu mir?«

»Die mit Schoko oder Zitronencreme. Ich stand heute schon vor dem Regal im Supermarkt und dachte, welche für dich zu kaufen. Zum Glück fiel mir noch ein, dass wir zusammen einkaufen gehen müssen. Es gehört unbedingt zu einem gemeinsamen Alltag.«

Der Wasserkocher begann, einen hohen Ton zu singen.

»Darüber müssen wir reden.«

»Ich weiß.«

Sie befreite den Kocher vom Druck ihrer Hände. Der Ton verschwand, das Wasser begann zu rauschen, dann sprudelte es und der Kocher schwankte. Limette drückte wieder auf den Deckel, um ihn zu beruhigen. Sie ließ das Wasser eine Weile kochen, dann füllte sie es in die weiße Teekanne. In der Küche breitete sich Orangenduft aus.

»Du magst doch …? Ich meine, ich will das nicht alles für dich bestimmen.«

»Schon gut.«

Sie lächelte. »All diese Verabredungen, die man für einen gemeinsamen Alltag treffen muss. Das ist schon spannend.« Sie schüttelte den Kopf, um die ins Gesicht gefallenen, gelben Haare zurückzuwerfen. Wie ein Besen fegten sie über die durch den weiten Ausschnitt des T-Shirts nackten Schultern.

»Die Kekse. Da drüben. Zweiter Stock.« Sie zeigte auf ein Regal. Es gab drei Packungen. Ich beschloss zu überprüfen, ob die mit der kürzesten Haltbarkeit vorn lagen.

Sie bemerkte es. »Ich weiß, sie liegen nicht so, wie es sein sollte. Ich bin etwas nachlässig geworden.«

»Das macht es doch sympathisch.«

»Nein, es ist das Ende. So beginnt es immer. Die Dinge verlieren ihre Ordnung.«

»Das Ende der Welt?«

»Kann man so sehen.«

Sie sah zur Uhr, zog den Teebeutel aus der Kanne, stellte sie auf ein Tablett mit Tassen und ging voraus ins Wohnzimmer. »Die Kekse!«

»Stimmt.« Ich ging zurück, öffnete für einen kurzen Blick den Kühlschrank. Auch keine Ordnung mehr. Dann folgte ich ihr, legte die Kekspackung auf den Couchtisch.

Sie hatte sich auf einen Sessel gesetzt und lächelte, und ich wusste, sie hätte die Kekse lieber in einer kleinen Schale auf dem Tisch serviert. Aber sie beschwerte sich nicht.

»Mette, was ist los mit dir?«

»Ich trainiere mich.«

»Wofür?«

»Ich habe so feste Gewohnheiten, Ordnungsprinzipien und Rituale für die Bewältigung meines Alltags. Neulich hab ich mir das bewusst gemacht … Auf andere muss das ziemlich seltsam wirken. Oder?«

Ich hob die Schultern. »Es hat auch etwas Verlässliches.«

»Ich hab mich über mich selbst amüsiert und mir vorgenommen, das nicht mehr so wichtig zu nehmen, ein kleines bisschen chaotischer zu sein.«

Ich ging zurück in die Küche und holte eine kleine weiße Porzellanschale. Ich öffnete die Kekspackung und füllte die Schale.

Limette sah mir lächelnd zu. »Jetzt bist du der Pedant.«

»Ich weiß, dass du es gern so magst, deshalb mache ich es.«

»Und ich versuche, mich davon zu verabschieden.« Sie breitete die Arme aus. »Ich glaube, es liegt auch daran, dass ich dieser Mia wieder begegnet bin. Immer noch dieses Orange. Es war schon damals eine Manie. Alles musste orange sein.«

»Das ist doch ganz schön.«

»Du magst sie, nicht wahr. Ich hab das bemerkt.«

»Ja, gerade ihre Macke gefällt mir.«

Mette beugte sich vor, betrachtete ihre Fußspitzen. »Dass ich sie gerade jetzt wiedertreffe ...«

»Wieso?«

»... und sie mich auf mein eigenes seltsames Leben aufmerksam macht, auf meine starren Gewohnheiten. Ich will mich ändern und wenn es nur für zehn Wochen ist.«

»Zehn Wochen?«

»Gilt unser Vertrag noch?«

»Was steht ihm entgegen?«

»Die Wahrheit.«

»Welche?«

»Meine. Ich habe wahrscheinlich nur noch drei bis vier Monate, aber ich würde gern einige Zeit davon mit dir zusammenleben. Weißt du, das ist eine Erfahrung, die ich gern mal machen würde, mit jemandem den Alltag zu teilen, das hab ich noch nie ...«

»Was heißt das, du hast nur noch Monate?«

»Drei bis vier Monate noch, in denen es mir gut geht, dann sterbe ich.« Sie löste ihren Blick von ihren Fußspitzen, sah mich an und lächelte.

»Ist das wahr?«

Sie begann, von ihrer Krankheit zu berichten, von der sie seit drei Jahren wisse. Sie habe sich gegen eine Behandlung entschieden, da alle Operationen nur sehr geringe Heilungschancen besäßen. »Ich bin vorbereitet. Es kommt zur rechten Zeit.«

Ich rutschte auf dem Sofa hin und her. »Ich kann es nicht glauben, dass du wirklich so nüchtern dein Ende betrachtest.«

Ihre Lippen zogen sich zu einem Grinsen breit, wie ich es noch nie bei ihr gesehen hatte. »Doch. Ich bin so. Außerdem freue ich mich auf unseren gemeinsamen Alltag. Du bist doch noch dabei?«

»Natürlich.« Ich fror, rieb mir die Oberschenkel und stand auf, um nach dem Thermometer zu sehen, das zwischen den beiden Fenstern mit Ausblick auf die Köpfe der Birken an der Wand hing.

»Was ist?«

»Zweiundzwanzig Grad.«

»Ist dir das zu kalt?«

Ich schüttelte den Kopf. Es war die Furcht, die meine Oberschenkel kühlte. Aber vielleicht würde Mia ja begreifen, dass ich nicht anders konnte, als Limette diesen letzten Wunsch zu erfüllen. Natürlich nicht. Sie würde es nicht begreifen wollen. Oder war das ein Gedanke, der meiner Eitelkeit entsprang?

Ich fror. Vielleicht gab mir mein Körper auch nur ein Zeichen, ein Feuer zu machen. Ein Auto anzuzünden. Autos brennen gut. Natürlich war es kein Zeichen meines Körpers. Es kam aus meinem Gehirn, denn es war die Erwartung, dass das damit verbundene Abenteuer mich erhitzen würde.

Ich stellte mir vor, Almut gegenüberzusitzen.

»Weißt du, Almut, es ist die Kälte, die mich all diese Dinge tun lässt.«

30. Kapitel

Eine Banane vor dem Bildschirm.

Zwei seiner Kunden haben Selbstmord begangen, weil dieser Bröcker sie um ihr gesamtes Vermögen gebracht hat.« Der Mann in kurzer Boxershort mit weißem, weit ausgeschnittem T-Shirt war etwa siebzig mit gelblicher Haut, die vielleicht auf eine verminderte Leberfunktion hindeutete. In seiner kleinen Einzimmerwohnung hatte er sein Bett vor dem Fernseher mit vielen Kissen ausgestattet, sodass er wie eine Banane vor dem Bildschirm lag.

Ich saß auf dem einzigen Stuhl am Fenster vor einem kleinen Tisch, den er sich selbst aus zwei Böcken und einer Holzplatte gebaut hatte.

»Sehen Sie diesen wahnsinnigen Wasserfall, der höchste Europas, im Salzburger Land. Heute genügt mir ein Video davon, vor zehn Jahren noch dachte ich, ich müsse selbst dorthin fahren. Aber ich sage Ihnen ehrlich, ich vermisse es nicht. Nur meine Wut auf diesen Kerl ist geblieben.«

Vor zehn Jahren hatte der Mann das Geld aus dem Verkauf seines Kioskes dem Finanzberater Hermann Bröcker anvertraut. Dieser hatte ihm versprochen, es innerhalb von drei Jahren zu verdoppeln. Er hatte sich ausgerechnet, davon leben zu können, denn eine Rente bekam er nicht. Nun lebte er von der sogenannten Grundsicherung, die ihm das Sozialamt zugebilligt hatte.

Denn bevor er sein Geld von Bröcker zurückbekommen sollte, hatte sich dieser nach Asien abgesetzt – mit dem Ersparten von etwa 300 Anlegern. Vor drei Jahren war Bröcker zurückgekommen und hatte sich den Behörden gestellt. Man hatte ihn verurteilt, doch das Geld seiner Anleger war angeblich aufgebraucht.

Der Alte gab unter Stöhnen die Bananenposition auf. Er schwenkte die Beine aus dem Bett und setzte sich auf den Rand. »Der Kerl ist seit einem Monat wegen guter Führung aus dem Gefängnis, wohnt in einem Vorort allein in einem Haus, das ihm angeblich jemand geschenkt hat, und sein neuer, roter Geländewagen steht in der Einfahrt. Der Wagen kostet mindestens siebzigtausend – habe ich gelesen –, aber der arme Mann ist völlig pleite, hat keinen Pfennig mehr. Ich bin der Meinung, wir sollten ihm die siebzigtausend wegnehmen. Es ist die Hälfte von dem, was ich ihm gegeben habe.«

Er schaltete das Video aus und kam zu mir an den Tisch, gab mir einen Auszug eines Versicherungsregisters mit Bröckers Auto. »Nur ganz einfach versichert. Er kriegt es nicht ersetzt. Da steht auch seine aktuelle Adresse drauf.«

Ich las sie und gab ihm das Papier zurück.

»Sie machen es nicht?«

»Doch. Aber ich möchte nicht von der Polizei kontrolliert werden und dieser Zettel wird in meiner Tasche gefunden.«

»Ah, gut.« Er schob mir einen vorbereiteten Umschlag zu. »Das Honorar.«

Ich schüttelte den Kopf. »Sie haben doch nichts mehr.«

»Das ist es mir wert. Die Hälfte von dem, was mir das Sozialamt als Erspartes noch gewährt.« Er breitete die Arme aus. »Sehen Sie sich um, ich brauche nichts mehr.«

»Ich habe trotzdem ein schlechtes Gewissen.«

»Sie haben Kosten, Auslagen. Außerdem nehmen Sie ein großes Risiko auf sich. Und Sie machen es nicht für sich selbst, sondern für einen Ihnen im Grunde fremden Menschen.«

Natürlich hatte ich die Geschichte recherchiert. Es stimmte, der Mann war von Bröcker um sein gesamtes Geld betrogen worden. Andere Anleger hatten dem Finanzberater nur einen Teil ihres Geldes gegeben. Trotzdem hatte er rund 50 Millionen veruntreut. Natürlich konnte man sagen, wer so gierig war und sein Geld in wenigen Jahren verdoppeln wollte, sei selbst schuld, wenn er am Ende alles verlor. Doch in diesem Fall war es von vornherein als Betrug geplant. Und der Betrüger hatte seine Millionen geschickt versteckt.

Ich spreizte die Öffnung des Umschlags mit zwei Fingern. Es waren etwa zweitausend darin. Und der Mann hatte recht, die Technik des Anzündens von Autos barg ein höheres Risiko. Es ging nicht im Vorbeigehen wie die Farbbeutelwürfe, und es brauchte ein bisschen mehr Geld für meine Technik. Bis Reifen brannten und der ganzen Wagen in Flammen stand, vergingen normalerweise etwa 30 Minuten. Meine Zünder waren schneller, ich versah sie mit weiteren Brandbeschleunigern in kleinen Plastiksäckchen, die ich mit einer Fernsteuerung von Spielzeugautos auslöste. Ich kaufte sie extra zu diesem Zweck und warf alles, was ich davon nicht benötigte in den öffentlichen Müll. Die Menschen, die sonst Autos abbrannten, legten einfach brennende Anzünder auf die Reifen. Bei dieser Methode war mir die Zündflamme am Anfang zu verräterisch. Das Risiko, beobachtet zu werden, war noch größer als Reste der Fernzündung zu hinterlassen. Niemand suchte bei einem abgebrannten Wagen in Reifennähe nach den Überbleibseln einer explodierten Batterie und einer kleinen Zündspule.

Der alte Mann ging wieder zu seinem Bett, setzte sich auf die Kante. »Wissen Sie, wenn Sie es nicht machen, mache ich es selbst. Ich weiß ungefähr, wie es geht. Und wenn man mich dabei erwischt und ich ins Gefängnis komme, kann ich mir sagen, es ist die Strafe für meine Dummheit, einem solchen Menschen zu glauben und ihm mein Geld zu geben. Und es ist die Strafe für meine Besessenheit, meine Geldgier. Heute weiß ich, es wäre lebenswerter gewesen, meinen Kiosk nicht zu verkaufen, sondern weiterzubetreiben – von meiner Hände Arbeit zu leben bis zu meinem Tod.«

Ich stand auf, steckte den Umschlag ein.

»Sie machen es?«

Ich nickte.

»Wann?«

»Heute Nacht. Versuchen Sie bis weit nach Mitternacht, sagen wir bis 2 Uhr, unter Menschen zu sein, die das anschließend bezeugen können.«

»Da gibt es nicht mehr viele. Aber ich schaffe das.«

»Wenn es mir heute zu ungünstig erscheint, melde ich mich. Haben Sie ein Handy?«

Er nickte, holte es hervor.

»Ich muss die Nummer auswendig lernen.«

Er zeigte sie mir auf dem Display. »Aber wenn Sie mich anrufen, ist unsere Verbindung offensichtlich. Und soviel ich weiß, werden die Daten lange gespeichert.«

»Ich benutze ein separates Handy dafür. Und wenn ich es benutzen muss, dann nur einmal, danach vernichte ich es. Das gehört zu meinen Investitionen.«

Ich verabschiedete mich und fuhr in die Spielwarenabteilung eines Kaufhauses, um einen ferngesteuerten Sportwagen zu kaufen. »Für meinen Neffen.«

In der Camping-Abteilung kaufte ich Grillanzünder.

»Was wollen Sie damit?« Ein Flüstern hinter mir.

»Ich will am Wochenende mit meinem Neffen auf dem Balkon grillen.«

»Sie haben doch gar keinen Neffen.«

»Stimmt. Ich bin nur der Patenonkel, Herr Kommissar.«

Ich drehte mich um. Den Kommissar gab es nur in meinen Gedanken.

Hundertprozentigen Alkohol besaß ich noch in einer Flasche mit der Aufschrift *Fleckenmittel*. »Auch kleine Plastiktüten zum Verschweißen hat doch jeder normale Haushalt, Herr Kommissar.«

»Die riechen, als wäre da Alkohol drin gewesen!«

»Mit irgendwas muss ich die ja desinfizieren, bevor ich sie für die Aufbewahrung von Lebensmitteln verwende.« Ich schenkte dem unsichtbaren Kriminalbeamten ein Grinsen.

31. Kapitel

Ich legte meine Zünder auf die Vorderreifen.

Eine Drossel flatterte aus der hohen Hecke, flog vor meinem Kühler durch das Licht der Scheinwerfer über die schmale Straße. Ich bremste und schaute mich um, ob ich sie überfahren hatte. Dann entdeckte ich sie auf dem Zaun gegenüber. Sie betrachtete mich mit einem starren Blick, drehte den Kopf, um mich auch mit dem zweiten Auge zu betrachten. Wahrscheinlich sah sie damit besser.

Ein Wagen kam mir entgegen. Ich fuhr ganz nach rechts, tat so, als wäre ich geblendet und beschattete die Augen. Es musste mich ja keiner wiedererkennen. Wir kamen gerade so aneinander vorbei. Viel mehr Breite bot die Straße nicht. Kein Parkraum, der war auch nicht nötig, jedes Haus hatte seine Einfahrt. Bröckers roter Geländewagen stand unter einem zur Straße offenen Carport. Seine Initialen auf dem Nummernschild. Es wunderte mich, dass er sich nicht hinter einem hohen Zaun verbarg. Vielleicht war die Drossel eine Drohne mit Kameraaugen. Bröcker saß mit umgeschnallten Revolvern vor den Monitoren seiner Videokameras. Ich fuhr noch einmal vorbei, kein Hinweis auf Kameras. Das Haus lag keine dreißig Meter von der Straßenecke entfernt, eine ausreichende Entfernung für meine Fernzündung.

Die beiden Zünder schwammen in Alkohol in Plastiktüten unter meinem Fahrersitz. Das Einschweißen bewahrte mich vor dem Gestank der Zünder.

Ich fuhr zurück bis zu Hauptstraße und parkte vor einem Supermarkt, der noch geöffnet hatte. Bis zu Bröckers Haus waren es etwa vierhundert Meter. Ich holte die in meine Plastikhandschuhe gewickelten Zünder unterm Sitz hervor und steckte sie unter die Jacke. Die Fernbedienungsteile hatte ich schon in der Tasche.

Ich nahm meinen Stadtplan aus dem Fach in der Autotür – wenn mich jemand beobachtete, würde ich mit dem aufgeklappten Plan auf ihn zugehen und nach einer Straße fragen, die aber in einem anderen Stadtteil lag. Ich setzte meine Pseudobrille auf und drückte mir den Schnauzbart auf die Oberlippe, dann stieg ich aus.

Der Supermarkt schickte sein Licht weit in die Nacht. Ein Mann kam heraus mit Einkäufen in einer Plastiktüte. Ich erkannte ihn selbst im Gegenlicht des Supermarktes. Bei meinen Recherchen war ich seinem Foto in zahlreichen Artikeln aus der Presse immer wieder begegnet. Es war Hermann Bröcker. Jetzt trat er in den Schein einer Straßenlaterne. Er sah älter aus, die Bilder von ihm waren über zehn Jahre alt gewesen, aber er war es, die beiden schrägen Falten auf der Stirn hatte er schon damals. Er ging an mir vorbei, trug ein schwarzes Jackett, an dessen Revers ein goldenes Dollarzeichen steckte. Ich beugte mich noch einmal in mein Auto, um mein Gesicht zu verdecken. Dann folgte ich ihm mit großer Distanz. Beim Gehen schwankte er mit den Schultern, wie es Männer tun, wenn sie jung sind oder körperliche Arbeit verrichten. Ich erinnerte mich an seine Geschichte. Er hatte als Bauarbeiter begonnen, dann hatte jemand sein Verkaufstalent entdeckt und ihn als Autoverkäufer eingestellt. Bald wurde er Filialleiter eines Autohauses. Wenig später machte er sich als Finanzberater mit einem Büro in der City selbstständig. Er galt als Geheimtipp und zahlte seinen Klienten schon nach kurzer Zeit angeblich erwirtschaftete, hohe Summen aus. Es war das Geld neuer Kunden. Ein sogenanntes Schneeballsystem. Die Erfolge sprachen sich herum, die Anleger drängten sich in seinem Büro, um ihr Geld zu vermehren.

An der letzten Straßenecke blieb ich in der Deckung einer Hecke stehen. Er ging neben seinem Wagen auf die Haustür zu. Als er etwa in Höhe der Motorhaube war, schaltete sich ein automatisches Licht ein. Wenn ich die Zünder auf die Vorderreifen legen wollte, würde es sich auch einschalten. Das Beste war, ich ging schnell hinter ihm her und platzierte meine kleinen Bomben, bevor das Licht wieder verlöschte.

Mit schnellen Schritten betrat ich die Straße, holte dabei meine Handschuhe, zog nur einen an – es musste genügen – und wog die Zünder in der Hand. Es war kein weiterer Bewohner zu sehen, die eine Wand des Carports schirmte mich zum Nachbarhaus ab. Das Licht blieb an, ich legte meine Zünder auf die Vorderreifen, befestigte sie mit Reißzwecken am Gummi des Reifens. Einer fiel herunter. Ich musste mich bücken, hinterließ einen Fingerabdruck, weil ich nur einen der Handschuhe trug. Ich konnte nur hoffen, dass es kein Blindgänger war und meine Spuren verbrannten.

Ich schlenderte zurück, um die Ecke. Das Licht brannte immer noch. Ich holte meine Fernsteuerung heraus, schwang den Hebel nach links und nach rechts und hörte das doppelte dumpfe Geräusch. Man hörte es nur, wenn man es kannte. Es hatte nicht einmal die Lautstärke eines Taschenbuches, das auf den Erdboden fällt. Ich ließ immer viel Luft in den Plastiksäckchen, sonst explodieren sie nicht und die Reißzwecken sorgen dafür, dass alles in Position bleibt. Bis ich die richtige Zusammenstellung heraushatte, übte ich in einer verlassenen Kiesgrube. Mehrere Autofahrer hatten dort ihre alten Reifen entsorgt. Ich wusste aus meinen Tests mit verschiedenen Plastikbeuteln, dass der Alkohol nicht nur die Zündstäbe tränkte, sondern auch brennend über den Reifen lief. Beides sorgte für eine schnellere, größere Hitze. Wenn das Auto zu brennen begann, explodierten auch die beiden Batterien. Aber zu diesem Zeitpunkt durfte man den Brand bemerken. Nur mit einem großen Feuerlöscher war er dann noch einzugrenzen.

Der Carport stand ziemlich dicht am Haus. Wenn das Feuer nicht rechtzeitig bemerkt wurde, bestand die Gefahr, dass die Flammen auf das Haus übergreifen würden. Aber ich war überzeugt, in der Dunkelheit würde der Brand sehr schnell Aufmerksamkeit erregen.

Ich wartete nicht weiter, sondern wanderte zu meinem Wagen. Der Supermarkt hatte immer noch geöffnet. Ich ging bis zur Tür, um die Öffnungszeiten zu lesen. Er öffnete bereits um sieben Uhr morgens und schloss erst gegen Mitternacht. Ich fuhr zurück. Unterwegs hielt ich in der Nähe eines geeigneten Müllbehälters einer unbelebten Straße an, ging zu ihm und warf die Fernbedienung hinein. Erst danach nahm ich im Auto Brille und Bart ab. Ich kam in Versuchung, beides ebenfalls zu dem Müllbehälter zu bringen. Aber ich warf nie zwei Dinge, die auf mich verweisen konnten, in denselben Müll. Und ich hatte das Gefühl, Brille und Bart noch zu benötigen, obwohl dies mein letzter Auftrag sein sollte, egal, was Almut sagen würde.

32. Kapitel

Du willst beichten?

Ich kam in die Bar. Clarissa trug an der rechten Hand einen grünen Gummihandschuh in der Farbe ihrer Augen. Vom Tresen nahm sie Glas für Glas und tauchte es in das Becken mit Spülwasser. Ihr Blick streifte durch den Raum, ruhte kurz auf jedem Gast, es waren nur drei, dann kamen ihre grünen Augen zu mir.

»Du willst beichten, nicht wahr?«

»Kannst du mir Absolution erteilen?«

»Das tue ich, seit ich dich kenne.«

Sie beendete das Spülen. Sie ordnete die Gläser der Größe nach auf einem Geschirrtuch zum Trocknen. Vielleicht hatte sie vergleichbare Prinzipien wie Limette.

Clarissa zog den Gummihandschuh aus.

Ich zeigte darauf. »Steht dir gut, hat die richtige Farbe.«

»Ich weiß, habe ich extra ausgesucht. Nicht einfach zu kriegen. Gelbe kriegst du überall, aber grüne. Was trinkst du? Milchkaffee?« Clarissa polierte die Dampfdüse der Kaffeemaschine.

Ich nickte. Sie nutzte die verchromten Flächen der Maschine als Spiegel und beobachtete mich, während das Wasser durch das Sieb mit dem Kaffee gepresst wurde. Beim Aufschäumen der Milch verlor der Chromspiegel durch den Dampf seine Transparenz und ich bekam einen schnellen Seitenblick von ihr. Sie wollte mich unter Kontrolle haben.

Schließlich stellte sie das Glas mit meinem Getränk vor mich hin. Sie legte einen Keks in einer Folie verpackt auf den Unterteller, hielt ihn aber mit zwei Fingern fest. »Der Keks denkt, er sei ein Geheimnis, aber natürlich wissen wir, dass er sich darin verbirgt:«

»Was meinst du damit?«

»Kann es sein, das Miau …

»Mia!«

»Ich weiß. …

»Du magst sie nicht?«

»Ich muss mich erst an sie gewöhnen. Kann es sein, dass sie dich ausforscht?«

»Wie kommst du darauf?«

»Als die beiden neulich zusammentrafen, angeblich nach langer Zeit … es wirkte, wie ein Theaterspiel. Und ich dachte daran, dass mir Limette erzählt hat, sie würde eine Partnerschaft auf Probe mit dir eingehen. Es passt nicht zusammen mit deiner Liebe zu Mia.«

Sie drehte sich um, wischte mit einem Lappen über die Kaffeemaschine, um mir Zeit zu geben, darüber nachzudenken.

»Limette hat dir von unserem Vertrag erzählt? Hat sie gesagt, warum?«

Clarissa schüttelte den Kopf. »Alles erzählt man mir auch nicht. Mir fehlt noch ein Puzzlestück, um alles zu begreifen.«

»Mia sagt, sie arbeitet für Gandalf.«

»Und der ist hinter dir her.«

»Woher weißt du das?«

»Das wussten wir von Anfang an. Er hat uns über dich ausgefragt.«

»Und?«

»Wir haben nichts erzählt.« Sie lächelte und mir wurde bewusst, dass sie auch mir nicht alles sagte, was sie wusste. Ihre grünen Augen kontrollierten erneut die Gäste hinter mir an den Tischen, dann stützte sie sich auf den Tresen, kam näher. »Aber Gandalf wusste bereits alles über dich, deine Tätigkeit. Jedenfalls tat er so. Wir haben ihn nicht nur überzeugt zu schweigen, er ist inzwischen auf unserer Seite. Ein Sympathisant.«

»Ihr wisst alles …?«

Sie kam noch näher, um leiser zu sprechen. »Wir wissen, dass du als Stellvertreter der Wut arbeitest. Der Begriff stammt von Daniel.« Sie lachte. »Schöner Titel.«

»Wer weiß das noch?«

»Daniel, Limette, ich. Wir wussten es, bevor Gandalf es berichtete. Und deshalb haben wir auf dich aufgepasst.«

»Ich kann es nicht glauben. Warum hat keiner von euch was gesagt?«

»Wir reden nicht darüber. Das gehört zur Verschwiegenheit unter Freunden. Wir wollten nicht, dass jemand zufällig was mitkriegt.«

»Nicht mal ich.«

»Daniel war immer in deiner Nähe. Auch, wenn du ihn nicht engagiert hattest. Jetzt löst er sich mit Mia ab. Sie gehört jetzt auch dazu. Wir sind alle immer in Bereitschaft, um für dich im Fall eines Falles Alibis zu liefern oder irgendwas zu deinem Schutz zu unternehmen.«

»Ich begreif das nicht. Ich versuche, alles geheim zu halten und ihr wisst alles. Wieso?«

»Frag Daniel.«

»Ihr habt es die ganze Zeit gewusst!«

Clarissa richtete sich wieder auf. Ich nahm den Keks von der Untertasse, riss die Folie auf und holte ihn heraus. »Das meintest du mit dem Keks.« Ich biss hinein. Wenn es so einfach war, alles über mich herauszufinden, wurde es wirklich Zeit, meine Arbeit zu beenden.

Clarissa grinste. »Aber ich nehme an, du wolltest etwas ganz anderes als du hereinkamst, die Bar betratst, als sei sie eine Kirche. Was ist mit deiner Beichte?«

»Es geht um meine Beziehung zu drei Frauen.«

»Drei?« Passend bildete sie drei Falten auf der Stirn. »Drei. Du meinst Mia, Limette und …«

Ich wusste, dass sie an sich selbst dachte und unterbrach sie schnell. »Die dritte ist Almut.«

»Almut? Kenn ich die?«

»Sie verließ mich vor fünf Jahren, zog aufs Land. Sie hat mich aktiviert und politisch motiviert, als Stellvertreter der Wut zu arbeiten. Ich will jetzt zu ihr fahren, ich muss mit ihr noch einmal reden.«

»Aber sie hat dich verlassen, ist wahrscheinlich inzwischen verheiratet und all das.«

»Möglich. Ich hätte sie damals heiraten sollen und ...«

Clarissa unterbrach mich. »Bevor die Männer so weit sind, haben die Frauen schon alles entschieden.«

»Ich möchte mit Mia zusammen sein, aber Limette setzt mich unter Druck, diese Partnerschaft auf Probe einzugehen.«

»Sie liebt dich wahrscheinlich.«

»Das denke ich auch manchmal. Du weißt nichts von ihrer Krankheit?«

Sie hob die Schultern. »Sollte ich etwas davon wissen?«

»Ich bin in einer blöden Situation.«

»Pass bloß auf, dass nicht jemand Farbe über dein Auto kippt.«

33. Kapitel

Und nun ist er tot.

Ich wollte die Reste des von mir abgefackelten Wagens des Kapitalanlagebetrügers sehen. Ich fuhr durch die enge Straße und sah schon, als ich einbog, dass der Carport und die Hecke vorm Haus Feuer gefangen hatten. Selbst die Hauswand hatte schwarze Spuren, der Wagen war total ausgebrannt. Dahinter war auch die Haustür nur noch ein verkohlter Rest. Mehrere Absperrbänder der Polizei hingen davor.

Ich fuhr weiter bis zum Supermarkt, parkte dort und ging zu Hermann Bröckers Haus. Ich ging langsam daran vorbei. Der Brand hatte tatsächlich auf das Haus übergegriffen.

Eine Frau kam mir entgegen.

»Was ist denn da passiert?«, fragte ich.

»Da hat es gebrannt, und der Mann da drin ist aus dem Fenster im ersten Stock gesprungen. Das Treppenhaus stand in Flammen, versperrte ihm den Weg. Aber die Feuerwehr kam ziemlich schnell. Wohnen Sie hier?«

»Ja, in der Nähe, ich mache gerade einen Spaziergang, um mich umzusehen. Ich hatte die Feuerwehr gehört. Wer wohnt denn da?«

Sie hob die Schultern. »Der war noch nicht so lange hier. Soll irgendwie aus dem Ausland gekommen sein. Wir kannten den ja nicht. Das heißt, die von Gegenüber haben gesagt, das wäre ein Betrüger gewesen. Das Haus gehört ihm ja gar nicht, das hat mal so eine Frau gekauft, die hat aber nie hier gewohnt, stand lange leer.« Sie betrachtete ihre Einkaufsbeutel.

»Gehen Sie zum Supermarkt?«

Sie nickte.

»Ich muss da auch hin.« Wir gingen zusammen weiter.

»Haben Sie den Mann denn mal gesehen?«

»Ja, schon oft. Der hatte ja wohl keine Arbeit, hing immer zu Hause rum oder saß im Garten. Tut mir trotzdem leid.«

»Wegen das Hauses?«

»Nee, der konnte ja nicht mehr laufen.«

»Wie?«

»Nach dem Sprung. Ist der Unfallwagen gekommen und die haben ihn eingeladen.«

»Wahrscheinlich die Beine gebrochen.«

»Nee, die von Gegenüber sagen, es wäre das Rückgrat. Er hätte nichts mehr bewegen können. Die haben ihm ja versucht zu helfen. Sind gleich raus und haben auch die Feuerwehr gerufen. Ich sag immer, wie kann man aus dem ersten Stock springen, da muss man doch an einem Betttuch herabklettern oder so was Ähnlichem. Aber war wohl in Panik, der gute Mann. Jedenfalls soll heute Morgen schon die ehemalige Hausbesitzerin da gewesen sein mit einem Tischler, der eine Nottür einsetzen will, sagen die Meyers, das sind die von Gegenüber.«

»Die ehemalige Hausbesitzerin …?«

»Die soll dem Mann ja das Haus geschenkt, also für einen Euro verkauft haben. Muss man sich mal vorstellen. Und nun ist er tot.«

»Tot?«

»Haben die anderen Nachbarn mir gesagt.«

Ich ging in den Supermarkt hinein. Es war das erste Mal, dass jemand durch einen meiner Anschläge schwer verletzt worden oder gestorben war. Damit hatte ich nicht gerechnet. Während die Frau in den Weiten der Regale verschwand, kaufte ich nur eine Boulevardzeitung. Ich fand einen Artikel über den Brand. Er hatte die Überschrift. *War es die Rache der Betrogenen?*

Der Hausbewohner sei aus dem Fenster gesprungen und ins Krankenhaus gekommen, berichtete die Zeitung. Wenn es stimmte, was die Frau erzählte, saß Bröcker jetzt mit Querschnittlähmung im Rollstuhl oder war tot. Er tat mir leid. Und ich konnte davon ausgehen, dass die Brandstiftung mit höherem Aufwand untersucht wurde.

Es wurde wirklich Zeit, mit allem aufzuhören.

34. Kapitel

Ich will ins Gefängnis.

Mia schickte mir eine Nachricht, dass sie mich dringend sprechen wolle. Ich stellte mir die Szene vor. Der Stuhl würde unter Mia knurren, wenn ich sie genau an jenem Tisch wiedertraf, an den wir uns damals nach dem Unfall gesetzt hatten.

»Übrigens«, würde Mia sagen, »ich lasse mir nächste Woche die Augen operativ verkleinern. Sie sind einfach zu groß für eine Mitteleuropäerin. Bei dieser Gelegenheit lasse ich mir auch beide Brüste entfernen. Ich brauche sie nicht mehr. Ach, ja, und nebenbei brechen mir die Ärzte die Beine, damit sie als O-Beine wieder zusammenwachsen können. Wir werden uns also sechs Wochen nicht sehen können. Und danach wirst du keinen Gefallen mehr an mir finden, denn ich trage nur noch Schwarz. Kein Orange mehr. Auch die Wände werden schwarz gestrichen.«

»Mia versteh doch, du hast selbst gesagt …« Mir fiel nicht mehr ein, was sie genau gesagt hatte und mir als

Freibrief erschienen war, um mit zwei Frauen zu leben.

Sie würde sich zurücklehnen, sodass der Stuhl unter ihr erneut knurren würde. »Nein, ich will das nicht verstehen.«

In meiner Vorstellung riss sie den Mund auf, lachte laut, zu laut. Dann griff sie hinter sich und hatte plötzlich einen Baseballschläger in der Hand. Sie kam hoch, schwang ihn. Das Letzte, was ich von ihr hörte, war der Satz: »Wenn ich dich nicht haben kann, soll dich keine haben!«

Ich sank vom Stuhl, mein Schädel war zertrümmert. Ein Polizist beugte sich über mich, sagte, dass man gar keinen Arzt mehr brauche, ich sei tot, das Gehirn laufe ja schon aus mir heraus. Mia streckte ihm die Hände für die Handschellen entgegen.

»Dafür kommen Sie für den Rest Ihres Lebens hinter Gitter«, sagte der Polizist. Er nahm ihre Hände in seine, streichelte sie. »Wollen wir beide nicht auf eine einsame Insel flüchten oder einen Ort auf der Welt suchen, der noch ein weißer Fleck auf der Landkarte ist?«

»Nein, nein«, schluchzte Mia. »Ich will ins Gefängnis.«

»Was Sie aber noch nicht wissen«, sagte der Polizist, »jede Nacht kommt ein sadistischer Wärter in Ihre Zelle, um Sie zu vergewaltigen.«

Erst jetzt klickten die Handschellen.

»Es geschieht mir recht.« Mias Augen füllten sich mit Wasser. Riesige Tränen rollten über ihre Wangen und spülten ihre Augenfarbe weg, vielleicht würde sie blind werden. Das war zu viel der Strafe.

»Nein«, sagte ich. »Es muss noch einen anderen Weg geben.«

Ich stellte mir vor, Limette betrat das Café, sie hielt das längste ihrer Küchenmesser in der Faust. Es hatte die Nummer zehn und lag sonst ganz hinten in der Schublade.

»Vielleicht gibt es doch keinen anderen Weg, nur den mit Blut und meiner Leiche.«

»Doch es gibt einen«, sagte Mia, beugte sich vor und griff nach mir. »Geh mit ihr und dann, wenn du zurückkommst, stecke ich dich in die Badewanne und schrubbe dich ab, vielleicht bis aufs Blut, sodass alles, was von anderen Frauen noch an dir klebt, im Abfluss verschwindet und derjenige wieder zum Vorschein kommt, der du für mich vorher warst.«

Limette kam mit großen Schritten heran. Sie hob das Messer, ich öffnete mein Hemd und zeigte auf die Stelle meines Herzens. Doch sie jagte das Messer in Mias Brust.

In meiner Vorstellung entwickeln die Menschen manchmal zu viel Eigenleben. Limette mit einem Messer!

Ich fühlte das Eindringen des Metalls zwischen meinen Rippen. Es erreichte mein Herz, kitzelte es für einen Moment. Doch niemand konnte es jetzt noch aufhalten. Mit einer zarten Bewegung öffnete sie es. Dann zog sie das Messer zurück, und das Blut strömte aus der Wunde wie bei einem Springbrunnen zu Limettes Vergnügen.

»Mette, was hast du getan?« Meine Fantasie nahm mir die Luft.

Ich fiel nach vorn und war wieder in der Wirklichkeit und starrte auf mein Telefon.

»Mia, Mia, warum gehst du nicht ran?«

Wiederholt wählte ich ihre Nummer und lauschte dem Rufzeichen, als wäre es das Tuten eines Schiffes im Meer und kein Land in Sicht. Die reine Verzweiflung. Wie konnte die Telefongesellschaft das zulassen!

35. Kapitel

In der Kette der Wertschöpfung gab es keine Moral.

Der Autoverkehr ist ein ewiger Wettkampf zwischen Menschen, die, sobald sie ein Fahrzeug besteigen, keine Zeit mehr haben. Nirgendwo wird das deutlicher als auf Autobahnen. Mein alter Wagen konnte hier nicht mithalten.

Ich war froh, als die Autobahn zu Ende war und mir eine Landstraße bot. Auch wenn hier sichtbar wurde, dass die Bäume und Büsche am rechten Straßenrand den Wind bestellt hatten, um mindestens ihre Häupter von mir zu entfernen. Selbst die Grashalme auf den Weiden bogen sich von mir weg. Meinem Auto war es recht. Es erschien ihm wahrscheinlich als eine besondere Art, die Straße für mich freizumachen. Mit neuem Blechkleid und Windschutzscheibe schnurrte es die Straße entlang, als hätte es in Öl gebadet. Es sprach nicht mit mir, sondern konzentrierte sich auf Unebenheiten im endlosen Asphaltband, um seine alten Gelenke zu schonen.

Nur ab und zu kam ein Geräusch, ein Wort aus der Lüftung, das wie unser Ziel klang: Friedrichstadt.

Ich hatte mir die Straßenkarte gut eingeprägt. Noch vor Friedrichstadt hätte ich rechts abbiegen müssen. Aber ich fuhr weiter in die kleine Stadt hinein. Wenn Almut hier wirklich als Lehrerin arbeitete, war sie bestimmt nicht vor dem späten Nachmittag zu Hause. Ich hatte Zeit, fuhr am Binnenhafen entlang bis zum Marktplatz und fand einen Parkplatz. Ich stieg aus, klopfte auf das Blech der Motorhaube, um mich für die Fahrt zu bedanken. Der Wagen streckte sich, schickte ein Knackgeräusch zurück. Bei einem kleinen Rundgang betrachtete ich die vielen Häuser mit den Treppengiebeln. Mit den dicht an die Hauswand gepflanzten Rosensträuchern wollten sie mir eine Welt vorgaukeln, die vollkommen in Ordnung war, in der jeder in Frieden leben konnte.

Vielleicht suchte Almut genau das hier. Für einen Moment sah ich sie vor mir – mit einer geblümten Schürze und einem gewaltigen, geschwollenen Körper. Erst komme das Fressen, dann die Moral, sagte Brecht. Damals wussten wir, er hatte unrecht. Es gab keine Rangfolge, die Grundbedürfnisse des Menschen waren gleichwertig. Doch mit ihrer Erfüllung entstand Ungerechtigkeit. Ich konnte nicht essen, mich nicht kleiden, ohne eine Kette der Ausbeutung anderer Menschen in Gang zu setzen. Von den Rohstoffen über deren Verarbeitung bis hin zum Handel herrschte die einzige Regel der Wirtschaft: Je billiger ich etwas einkaufte, umso größer war mein Gewinn. Dass dabei Menschen litten, zu Tode kamen, spielte keine Rolle. In der Kette der

Wertschöpfung gab es keine Moral. »Der Kapitalismus ist für mich die ökonomische Spielart des Sadismus«, sagt der Künstler Santiago Sierra.

Ich ging zurück zu meinem Wagen und fuhr aus der Stadt, bog ab in das kleine Dorf. Ich fuhr durch es hindurch und wieder zurück, ohne einen Menschen zu sehen, die Seitenstraßen mehrmals entlang, kam schließlich im großen Bogen zur Kirche zurück. Eine Frau musste mich beobachtet haben und erbarmte sich. Sie war herausgekommen und lehnte mit den Armen auf dem Holz der Gartenpforte. Ich bremste, stellte den Motor aus und ging zu ihr hinüber.

»Na, wen suchen Sie?«, begrüßte sie mich.

Ich nannte Almuts Namen.

»Ach, die.« Sie lächelte. »Die Neue im Dorf.«

»Ist das so?«

»Ich sag mal, so seit fünf Jahren ist sie hier. Sieht man aber selten, ist ja auch berufstätig als Lehrerin und dann ...« Sie unterbrach sich, wollte wohl mit dem Dorfklatsch lieber zurückhaltend sein. »Und was wollen Sie von ihr?«

»Ich habe sie früher gut gekannt und erfahren, dass sie hier lebt. Und als ich zufällig hier durchkam, erinnerte ich mich daran. Wo wohnt sie?«

Sie beschrieb mir den Weg durchs Dorf, kurz danach müsse ich auf eine kleine Straße abbiegen. Das letzte Haus auf der linken Seite sei es.

Ich fand es sofort, fuhr aber vorbei, da ich nicht sicher war, ob nicht doch noch ein Haus kam. Auf der schmalen Straße musste ich mehrmals hin und her rangieren, um zu wenden. Es war ein sehr kleines Einfamilienhaus aus roten Backsteinen. Dahinter ein kleiner Garten mit zwei großen Bäumen. Ich überlegte, wie alt es war. Solche Häuser wurden über einen langen Zeitraum gebaut. Wenn die Bäume dahinter nach seiner Fertigstellung gepflanzt worden waren, war das Haus etwa fünfzig bis sechzig Jahre alt. Ich fuhr wieder vorbei bis zu einem Sandstreifen neben der Fahrbahn, ein Wagen parkte dort, aber es war Platz für einen weiteren.

Ich ging zur Haustür. Unter der Klingel aus schwarzem Plastik klebte ein mit der Hand geschriebener Zettel mit ihrem Namen. Es wirkte, als wäre sie gerade erst eingezogen.

Der Klingelton war so laut und streng, als müsste er auch noch in großer Entfernung gehört werden, vielleicht in dem kleinen Garten hinter dem Haus.

Schritte kamen und die Tür öffnete sich weit. Almut, fast unverändert, vielleicht noch ein bisschen dünner. Dieses Grinsen an ihr hatte ich vermisst. Es war freundlich, aber die Mundwinkel wurden immer wieder vom Spott nach unten gezogen. Ohne Ironie gab es kein Lächeln bei ihr.

»Holm, ich hatte dich viel eher erwartet.« Es klang wie die erste Zeile eines Liedes.

Natürlich, jeder hätte »früher« gesagt, aber sie sagte korrekt »eher«. Die Sprache, erinnerte ich mich an eine ihrer Unterweisungen, müsse Regeln haben, sonst leide die Verständlichkeit. Und bitte keine Adjektive, sie seien es, die zu Missverständnissen führten, woraus Gewalt und Mord und Kriege entstünden.

Die gute alte Almut.

Ich schnupperte in das Haus hinein. Es roch nach Obst und Kuchen, aber auch ein wenig nach faulen Äpfeln.

Von hinten kam ein kleines Kind gelaufen, etwa vier oder fünf Jahre alt. Als es mich sah, verbarg es sich hinter Almut und guckte vorsichtig hinter ihrer Hüfte hervor.

»Das ist Janosch«, sagte sie und: »Komm rein!«

36. Kapitel

Ich weiß nicht, was ich haben will, aber ich weiß, dass es mir fehlt!

Almut führte mich in ein Wohnzimmer, das zu einer sehr alten Frau passte. Ein Tisch mit gedrechselten Beinen und passenden Stühlen mit geblümter Polsterung, eine bauchige Kommode, ein Ohrensessel. Überall kleine Häkeldeckchen, die ihre Verwandtschaft zur Gardine am Fenster nicht leugnen konnten. Und die Vorhänge hatten das gleiche Blumenmuster wie die Polsterung. Der Junge blieb hinter dem Türrahmen stehen, lugte mit einem Auge ins Zimmer.

»Setz dich doch.« Almut bemerkte meinen Blick. »Ja, meine Großmutter hat hier gewohnt. Ich habe alles so gelassen.« Sie lachte. »Als Museum. Und als Denkmal.«

Sie ging hinaus, der Junge folgte ihr. Von der Küche rief sie: »Willst du einen Kaffee, aber es ist normaler Filterkaffee. Hier gibt es nichts anderes.«

»Ja, bitte.« Ich setzte mich in den Ohrensessel. Er bot den Blick hinter den Häusern entlang bis zum Dorf.

Almut kam mit einem Tablett herein, deckte auf dem Tisch drei Teller und Tassen mit blauem Rankenmuster auf. »Alles original Großmutter.«

»Wo ist dein Mann?«

Sie lachte. »Du meinst einen von jenem in der Entwicklung zurückgebliebenen Teil der Menschheit?«

»Du musst zugeben, die beiden Teile ergänzen sich.«

Sie schüttelte den Kopf. »Die Frau ist die Beute, die dem Raubtier auflauert?«

»Das ist von José Ortega y Gasset.«

»Es gibt auch kluge Männer.«

»Es gibt auch dumme Frauen.«

Sie grinste. Es war derselbe kurze Dialog, den wir vor über fünf Jahren einmal geführt hatten. Diesmal entnahm ich daraus, dass Almut nicht mit einem Mann zusammenlebte. Sie ging zurück in die Küche. Janosch lief im Flur auf und ab, kam immer wieder an der offenen Wohnzimmertür vorbei, um kurz innezuhalten und mich zu beobachten. Ich versuchte, ihn heranzuwinken, aber er folgte nicht. Ich setzte mich an den Tisch.

Almut kam mit einer Kaffeekanne und goss mir ein. Sie hob ein Stück Butterkuchen an, wartete, dass ich nickte und schob es mir auf den Teller. »Selbst gebacken.«

Janosch kam ebenfalls heran, nahm sich ein Stück Kuchen. »Kann ich auf mein Zimmer?«

Almut nickte, und er verschwand. Ich hörte ihn eine Holztreppe hinaufsteigen und fragte mich, wer wohl sein Vater war. Im Dachgeschoss quietschte eine Tür.

Ich beobachtete Almut. Es kam mir vor, als wäre sie in den fünf Jahren kaum gealtert.

»Wie alt bist du jetzt?«

»Vierunddreißig.«

»Man sieht es nicht. Wieso bist du Lehrerin?«

»Mein Studium.«

»Das war doch Germanistik.«

»Habe ich dir damals nicht gesagt, dass es aufs Lehramt hinauslief?«

»Wieso bist du hierher gezogen? Plötzlich warst du weg.«

»Meine Großmutter war damals gestorben und hat mir das Haus hinterlassen und etwas Geld, und ich war schwanger. Außerdem, du weißt nicht, womit ich damals mein Geld verdient habe.«

»Ich fürchte, ich habe es auf der Suche nach dir herausgefunden.«

»Dieser Kerl, der mir seine Wohnung untervermietet hatte – der Drogenhandel gehörte zu dem Untermietvertrag. Das Dealen war an die Wohnung gebunden. Immer zwischen 17 und 19 Uhr. Na ja, es kam für mich alles zusammen, um endlich Schluss zu machen und mich hier zu verkriechen.« Sie stopfte sich ein halbes Kuchenstück auf einmal in den Mund, als müsste sie das süße Leben auf dem Lande demonstrieren.

»Schluss zu machen – auch mit mir?«

Beim Kauen sagte sie, kaum verständlich: »Na ja, ich dachte, es wäre auch besser für dich, wenn ich aus deinem Leben verschwinde.« Sie trank einen Schluck Kaffee. »Also, erzähl von dir.«

»Tja, dein Verschwinden gab mir den Anstoß, aus der Theorie in die Praxis zu gehen. Ich dachte, es wäre in deinem Sinne gewesen.«

»Genauso habe ich es mir vorgestellt.«

Ich erzählte ihr, wie ich den ersten Wutbürger traf, ich ihm anbot, an seiner Stelle die Farbbeutel zu werfen und er mich sofort dafür bezahlen wollte. Ich berichtete, wie ich meine Technik verbessert und meine Methoden erweitert hatte, einschließlich Bekenner-E-Mails. »Ich erhalte permanent Aufträge, werde von einem zum nächsten Klienten weiterempfohlen. Ich lasse mich für meine Dienste bezahlen. Es ist so viel, dass ich sehr gut davon leben kann.«

»Berufspolitiker werden auch bezahlt.«

»Aber ich bin eine Art Terrorist.«

»Robin Hood hat auch von dem Geld gelebt, das er den Reisenden durch den Sherwood Forest abnahm.«

»Der größte Teil des Geldes fand Verwendung als Lösegeld für Richard Löwenherz, erzählt uns die Geschichte. Robin Hood wusste, wofür er kämpfte, für die Wiederherstellung einer gerechten Gesellschaft, wie sie es anscheinend vorher gewesen war. Ich bin nicht in der Lage, ein Robin Hood zu sein. Ich bin in einer vollkommen anderen Situation. Ich habe das Gefühl, ich diene dem Erhalt eines Systems, das ich ablehne. Indem ich seine Unmenschlichkeiten bekämpfe, sichtbar mache, verbessere ich es nur. Ein Gefühl nur …«

»Nein, du veränderst damit das Bewusstsein von immer mehr Menschen. Das ist die Vorbereitung für eine Umwälzung, generelle Veränderung, eine Revolution.«

»Aber wohin soll das führen?«

»Geduld. Du bist jener Mensch, den es überall auf der Welt gibt. Er weiß nicht, was er haben will, aber er fühlt, dass es ihm fehlt.«

»Genau.«

»Der Gegenentwurf zu dieser Gesellschaft.«

Ich nickte.

»Den gibt es noch nicht.«

»Mir fehlt auch eine Sprachregelung für das, was ich tue. Eine Theorie zur Rechtfertigung, auch wenn sie nur für mich selbst ist. Und deshalb bin ich hier.«

»Verstehe.«

Almut legte den Kopf in die Hände und stützte sich mit den Ellbogen auf dem Tisch ab.

»Die Sprache hast du längst gefunden. Es sind deine Taten, sie sind Ausdruck deines Protestes gegen die Auswüchse dieser Gesellschaft. Das ist eine deutliche Sprache.«

»Aber davon weiß doch keiner.«

»Oh doch, du kannst sicher sein, man weiß, dass es dich gibt. Nicht nur die zuständigen staatlichen Stellen wissen von dir und deiner Motivation, ohne dich zu kennen. Die Presse berichtet, zeigt Fotos. Und in Teilen der Bevölkerung wächst die Ahnung, dass jemand ersatzweise für sie Widerstand leistet.«

»Aber für Geld. Ich brauche eine Rechtfertigung, warum ich mich bezahlen lasse.«

»Richtig, sollte man dich fassen und dir den Prozess machen, werden der Staat, die Medien dich als Widerständler nicht ernst nehmen müssen. Seht, Leute, er macht es nur für Geld!«

»Was soll ich tun?«

»Das weißt du selbst.«

»Und wovon soll ich leben?«

»Wie die anderen auch, von einem normalen Einkommen.«

»Es ist noch etwas geschehen. Einer meiner Auftraggeber versuchte, mich auszuforschen.«

»Das könnte ein Undercover-Agent sein.«

»Aber er engagierte einen Privatdetektiv.«

»Du denkst, der Auftraggeber des Detektivs müsste ein von dir Geschädigter sein?« Sie lachte.

»Wieso? Wer sonst?«

»Wurdest du auf der Fahrt zu mir verfolgt?«

»Nein, ich glaube nicht.«

Über uns im Dachgeschoss rumorte es, dann hörten wir einen dumpfen Schlag, und es folgt ein lautes Weinen.

37. Kapitel

Welt ohne Spiegel.

Janosch lag in seinem Zimmer unter einem Karton. Er war mit herausgefallenen Büchern bedeckt und jammerte. Wir befreiten ihn.

»Was wolltest du mit den Büchern?« Almut nahm ihn in den Arm und tröstete ihn, dann untersuchte sie ihn nach Verletzungen. Aber außer einer langen Schramme am Arm war nichts zu sehen, doch als er aufstehen wollte, knickte er ein. An der Hand seiner Mutter gelang es ihm zu gehen, aber sein Knie schmerzte.

»Wir gehen zu Franz. Soll ich dich lieber tragen?«

Janosch schüttelte den Kopf.

Sie wendete sich mir zu. »Komm mit. Franz ist Arzt. Ich muss ihn dir sowieso vorstellen.«

Sie stieg mit Janosch vorsichtig die Treppe hinab. »Du hättest wissen können, dass du den Karton nicht allein vom Schrank holen kannst.«

»Ich bin fünf.«

»Vier. Aber selbst mit vier kann man die Entwicklung

von Abläufen voraussehen, die man selbst anstößt.«

Der Junge schwieg.

»Es gab drei Ungewissheiten: Das Gewicht des Kartons, die Stärke deiner Kraft und die Fähigkeit mit einem Karton auf ausgestreckten Armen das Gleichgewicht zu halten.«

»Ich weiß«, sagte Janosch.

Wir verließen das Haus und gingen Richtung Dorf. Es war das nächste Haus auf der anderen Straßenseite. Ein Veterinär-Schild hing am Eingang. Es war keine Sprechstunde. Almut klingelte.

»Aber das ist ein Tierarzt!«

»Umso besser. Er kennt sich mit unterschiedlichsten Lebensformen aus und hat Patienten, die sich nicht einmal artikulieren können.«

Franz öffnete uns. Er trug einen kurz geschorenen, schwarzen Vollbart, der die gleiche Länge wie seine Kopfhaare hatte. Er umarmte Almut. Sie stellte mich vor und sagte, es gehe um Janosch. Wir betraten das Haus und gingen einen Flur entlang, an dessen Wand ein Spiegel mit schwarzem Stoff verhangen war. Wir gelangten in ein Behandlungszimmer für Kleintiere. Der Spiegel über dem Waschbecken war mit weißem Stoff abgehängt.

»Es ist etwas mit seinem Knie, nicht wahr? Ich merke es an seinem Gang.«

Janosch musste sich setzen. Franz ließ ihn mit dem Bein verschiedene Bewegungen ausführen, dann betastete er das Knie, an einer Stelle gab Janosch einen Schmerzenslaut von sich.

»Eine Prellung«, sagte Franz. »Keine schweren Lasten tragen, nicht rennen, aber ganz normal gehen. Keine

Ruhephase. Er holte einen Salbentopf, auf dem ein Pferd abgebildet war, und cremte das Knie ein. »Einmal genügt, sonst wirst du schneller als ein Pferd werden. Und du willst doch keinen Sattel und keinen Jockey auf dem Rücken tragen?«

Er sprühte noch ein Mittel auf die Schramme an Janoschs Arm und verabschiedete uns.

Auf dem Rückweg ging Janosch voraus, seine Beschwerden waren bereits verschwunden.

»Ist dir etwas aufgefallen?« Almut blieb vor ihrem Haus stehen. Janosch war schon hinein verschwunden.

»Ja, die Spiegel waren verhängt. Gab es einen Trauerfall im Haus? Ich glaube, früher befürchtete man, dass die Seelen durch Spiegel gefangen gehalten werden. Meinst du das?«

»Ja, gut, du weißt das auch mit den gefangenen Seelen. Aber es gibt keinen Trauerfall. Franz folgt einer Theorie, die ich entwickelt habe. Nachdem ich mich mit ihm angefreundet hatte, erfuhr ich nach und nach von seinen Problemen. Er hatte seit seiner Jugend Schwierigkeiten, ein Selbstbild zu entwickeln, das ihm ein wenig Selbstwertgefühl vermittelte. Alles Lob und jeder Fortschritt in seinem Studium nützten nichts. Hinzu kam, dass er beständig von Pickeln und Hautveränderungen geplagt war. Es ging so weit, dass er nicht mehr in der Lage war, seine Prüfungen abzulegen. Er ging einfach nicht mehr aus dem Haus. Er war eine gefangene Seele. Lebend!«

»Und du hast seine Spiegel verhängt?«

»Nein, ich habe eine Theorie entworfen, die besagt, dass viel Unglück mit den Spiegeln in die Welt gekommen ist. Sie nehmen uns wirklich gefangen. Und man braucht sie nicht. Man kann vollkommen ohne Spiegel leben. Glücklicher leben.« Wir betraten das Haus, und sie fuhr fort: »Franz verhängte nicht nur alle Spiegel, er gründete auch den Verein *Welt ohne Spiegel*. Er lässt sie nur hängen und verhüllt sie, weil seine Helferinnen noch nicht alle überzeugt sind.«

»Und was ist mit den Rückspiegeln im Auto?«

»Darin sieht man sich nicht. Aber inzwischen hat sich eine Gruppe vom dem Verein abgespalten, die auch auf solche Spiegel verzichten will. Fundamentalisten, die sich in eine Zeit ohne Spiegel zurücksehnen.«

Wir setzten uns wieder an den Tisch im Wohnzimmer. Der Kaffee war kalt. Almut ging in die Küche, um neuen zu filtern.

Ich folgte ihr. »Und was ist mit dem Spiegelbild im Wasser?«

»Verboten. Du weißt doch, dass ein Spiegel nie die Realität zeigt. Alles ist falsch herum, seitenverkehrt. Das hat, glaube ich, Franz am meisten überzeugt. Nachdem er die Spiegel verbannt hatte, wurde er tatsächlich ein anderer Mensch.« Sie ließ nur zwei Tassen durch den Filter laufen und brachte die Kanne ins Wohnzimmer. Sie goss uns neu ein. »Franz schaffte es, sein Studium zu Ende zu bringen, bestand alle Prüfungen und eröffnete seine Praxis.«

»Und was ist, wenn er durch Zufall an einem Spiegel vorbeigeht?«

»Er schaut nicht hinein. Er hat kein Bedürfnis mehr, sich zu spiegeln. Die meisten Menschen sind davon abhängig, beziehen ihr Selbstbild daraus. Franz würde sagen, sie beziehen ihr Selbstbild aus einem falschen Abbild.«

»Ein bisschen Wahrheit ist daran.«

»Sonst hätte meine Theorie auch nicht funktioniert. Meine Einflussnahme hat gerade mal ein dreiviertel Jahr gebraucht, bis er die Konsequenz daraus zog.« Sie nahm sich noch ein Stück Kuchen und biss ein großes Stück ab. Mit vollem Mund sagte sie: »Bei dir hat es fast zwei Jahre gedauert, bis meine Theorie Wirkung zeigte.«

»Wie meinst du das?«

»Du warst eines meiner Experimente.«

38. Kapitel

Die Bäume werfen mit Zweigen nach mir.

Ich verließ Almut und die Missstimmung zog mir das Gesicht zur Mitte zusammen. Augen, Mund und Ohren versuchten ein Treffen mit der Nase.

Auf dem Weg zum Auto ging ich bewusst neben der Straße, um Grashalme zu zerstampfen, obwohl ich ahnte, die Natur würde sich rächen. Kaum hatte ich das Dorf und Friedrichstadt hinter mir gelassen, lockten mich die Bäume, gegen sie zu fahren. Manche warfen über mir Zweige ab, verfehlten mich aber. Büsche schlugen nach mir als wären sie Besen.

Hatte ich auf dem Hinweg noch das Gefühl gehabt, Bäume und Büsche am Straßenrand wichen vor mir zurück, so war es jetzt das Gegenteil.

Nach ein paar Kilometern gab der Motor einen hellen Klang mit anschließendem Zischen von sich. Ich übersetzte es als »alles falsch« und hielt auf einem Parkplatz an. Ich stieg aus, schüttelte mich. Almut hatte mir sehr schnell mitgeteilt, dass die Besuchszeit zu Ende sei, sie habe noch etwas Wichtiges zu tun. Ich hatte das Haus verlassen und mich hinausgeworfen und verscheucht gefühlt. Unsere Beziehung damals war Betrug gewesen. Plötzlich gelang es mir nicht mehr, mich an einzelne Szenen unseres Zusammenseins zu erinnern. Der Wagen hatte recht, alles war falsch.

Ich stieg wieder ins Auto und schaltete mein Handy ein. Auf der Mailbox befand sich eine Nachricht von Mia. Sie wollte mich dringend sprechen. Aber ich suchte zuerst im Internet den Verein *Welt ohne Spiegel*. Ich fand eine mehrsprachige Seite, offensichtlich hatte die Vereinigung überall auf der Welt Mitglieder. In einer Chronik las ich, dass die Gemeinschaft vor zwei Jahren von Franz Büschel gegründet worden sei. In einer Anekdote über ihn wurde angemerkt, dass er schon als Kind Vorbehalte gegen sein Bild im Spiegel entwickelt habe, weil er sich darin nie erkannt habe. Dann folgte eine Seite mit einer überzeugenden Theorie für ein Leben ohne Spiegel. Im Impressum standen Adresse und Telefonnummer des Tierarztes.

Ich wählte die Nummer. Während das Freizeichen ertönte, standen mir sein Bart und seine Frisur vor Augen. Natürlich mit dem Bartschneider alles auf eine Länge geschnitten, wenn man keinen Spiegel benutzen wollte.

Er meldete sich. Ich gab mich als Almuts Besucher zu erkennen und sagte, dass ich von seinem Leben ohne Spiegel erfahren hätte.

»Wie hat das genau angefangen?«

»Das ist lange her.«

»Almut erzählte, sie habe geholfen, eine Theorie zu entwickeln.«

»Na ja, wir sind befreundet, aber die Theorie habe ich

mit Kollegen während des Studiums entworfen. Da kannte ich Almut noch nicht. Wir machten damals Experimente mit Tieren, wie weit sie sich im Spiegel erkennen. Es braucht meist eine lange Gewöhnungsphase, oft ignorieren sie den Spiegel, selbst, wenn sie gelernt haben, sich zu erkennen. Es ist tatsächlich ein Lernprozess, etwa so, wie man sich das Rauchen nur unter Qualen angewöhnen kann. Und damals habe ich damit angefangen.«

»Mit dem Rauchen?«

Er lachte. »Nein. Ohne Spiegel zu leben.«

»Wie lange ist das her?«

»Etwa sechs bis sieben Jahre. Sie können übrigens im Internet eine Seite finden, da können Sie Kontakt aufnehmen und zu Treffen eingeladen werden.«

»Ah ja, hab ich gerade gefunden. Prima. Dankeschön.«

»Und wenn Sie wieder mal in der Nähe sind, kommen Sie gern vorbei.«

»Danke, mach ich.«

Ich legte auf und knurrte noch ein bisschen. Schließlich rief ich Mia an. Sie erzählte mir von ihrem Streit mit ihrem Vermieter. Sie habe sich schon einen Anwalt genommen. Sie nannte den Namen, ich kannte ihn, es war auch mein Anwalt, den mir Almut vermittelt hatte. Mia berichtete weiter, der Anwalt könne nicht viel tun. Heute habe ihr der Hausbesitzer wieder einmal den ganzen Tag das Wasser abgestellt. Drei Wohnungen im Haus stünden schon seit Monaten leer und deren Sanitäranlagen seien bereits herausgerissen worden.

»Der Kerl will alle Mieter vertreiben, um eine Luxussanierung vorzunehmen.« Vor Empörung bekam ihre Stimme hohe Kiekser.

39. Kapitel

Ich freue mich schon zu sehen, wie die Farbe an der Fassade herunterläuft.

Mia konnte nicht stillstehen, trotzdem hing ihr Kleid wie eine nasse Fahne an ihr herab. Sie erzählte vom Besuch ihres Vermieters. Sie lief durch ihre Wohnung und ich immer hinter ihr her.

Sie riss das Badezimmer auf. »Weißt du, was er dazu sagte? Es sei ganz furchtbar, hat er gesagt. Eine orangefarbene Badewanne gehe überhaupt nicht, und orangefarben lackierte Wände seien unmöglich. Er wolle das Bad mit weißem Marmor verkleiden. Jetzt sei das eine Scheußlichkeit, hat er gesagt.« Sie machte kehrt, ging in die Küche. »Weißt du, es zählt für ihn gar nicht, wie viel Zeit und Mühe es kostet hat, alles in Orange zu machen.« Sie sank am Küchentisch auf einen Stuhl, kam aber sofort wieder hoch. Sie berichtete, sie habe sich vor einem Jahr von einem anderen Anwalt beraten lassen. Damals habe der Hausbesitzer gesagt, sie müsse ausziehen, weil das Haus komplett saniert werden müsse. Der Anwalt habe sie aber beruhigt. »Ich habe das am Anfang nicht so ernst genommen, ich hab ja keine Kündigung bekommen. Aber ich wurde systematisch provoziert, und wenn ich mich beschwerte, sagte der Hausbesitzer, ich könne ja ausziehen. Jetzt habe ich mir den neuen Anwalt genommen. Und der kommt nicht an den Hausbesitzer heran, er hat nur Kontakt zu dessen Anwalt. Er sagt, man könne gegen den Hausbesitzer nichts unternehmen. Er müsse die leer stehenden Wohnungen nicht vermieten, denn die Arbeiten darin seien angeblich vorbereitende Maßnahmen für die Sanierung. Aber jetzt werde ich fast täglich schikaniert. Mal wird das Wasser, mal der Strom abgestellt.«

»Komm mit und setz dich mal aufs Sofa. Du musst etwas ruhiger werden.«

Es nützte nichts, sie kam mit ins Wohnzimmer, aber auf dem Sofa hielt sie es nicht lange aus. Sie ging ans Fenster. »Gestern hat er gedroht, ein Gerüst vors Haus stellen zu lassen, das mit Planen abgehängt würde, sodass kaum noch Licht in die Wohnung käme. Das würde so lange stehen bleiben, bis ich ausziehe. Natürlich droht er mir nicht vor Zeugen und durch den Anwalt teilt er dann mit, er hätte das nie gesagt.«

»Bietet er dir Geld für deinen Auszug?«

»Bis jetzt nicht. Am Stadtrand hätte er eine Wohnung, in die könne ich einziehen. Und nach der Sanierung gern zurückziehen mit einer dann allerdings höheren Miete oder, wenn ich wolle, könne ich die Wohnung dann auch kaufen.«

Sie kam zum Sofa zurück, setzte sich langsam. »Weißt du, was dieser Schweinehund macht? Ich hab mich immer gefragt, warum die Heizkosten so hoch sind. Neulich haben die Handwerker in der Wohnung über mir die Fußbodenbretter herausgerissen, da bin ich in die Wohnung und habe gemerkt, er beheizt alle leeren Wohnungen und rechnet die Kosten natürlich auf die verbliebenen Mieter um. Das darf der gar nicht. Ganz oben ist die Wohnungstür zugemauert worden, dahinter laufen wahrscheinlich alle Heizungen auf Hochtouren.«

»Und die anderen Mieter? Könnt ihr euch nicht zusammenschließen?

»Wir sind nur noch drei, alle anderen hat er schon rausgeekelt. Einer davon fährt am Wochenende immer nach Hause in eine andere Stadt. Und die dritte Mieterin ist alt, will sowieso ins Heim, wartet auf einen Platz.« Mia sprang wieder auf. »Da ist nicht viel mit Solidarität.«

»Hast du mal eine Zeitung informiert?«

»Ha. Die haben gesagt, das Thema hätten sie in letzter Zeit dreimal gehabt, damit wäre es durch. Dabei besitzt der Kerl noch zwei weitere Häuser und da macht er es genauso. Eine Mieterin dort hat es mir erzählt. Die hat sich auch einen Anwalt genommen. Ich vermute, er will alles verkaufen, und das kann man zum höchsten Preis nur, wenn die Häuser unbewohnt sind.«

Sie ließ sich wieder aufs Sofa fallen. »Jetzt ist Schluss. Jetzt muss was passieren. Ich lasse mir das nicht mehr gefallen. Und du musst mir helfen.«

»Wie stellst du dir das vor?«

»Na ja, wir fangen mit Farbbeuteln gegen sein Privathaus an und dann zünden wir sein Auto an.« Sie grinste mich an. »Du sollst dich doch da auskennen.«

»Moment. Hast du dem Hausbesitzer schon mal gedroht?«

»Nein, hat bisher nur der erste Anwalt mal gemacht – ohne jedes Ergebnis.« Sie kam wieder hoch vom Sofa und holte einen Aktenordner, klappte ihn auf. Es war die Korrespondenz der Anwälte.

»Weißt du, wo der Hausbesitzer wohnt?«

»Klar, eine weiße Luxusvilla. Ich freue mich schon zu sehen, wie die Farbe die Fassade herunterlaufen wird.«

»Ich mache so was nicht mehr.«

Sie legte ihren Kopf auf meine Brust. »Bin ich daran schuld?«

»Ich wollte sowieso aufhören.«

»Einmal noch, bitte.«

»Ich habe kein Material mehr.«

»Wir gehen los und kaufen alles ein.« Sie sprang schon auf. »Los, komm!«

40. Kapitel

Oder denkst du an einen flotten Dreier?

Wir kauften Gummihandschuhe, Duschhauben, Trichter, die passenden Luftballons, eine Briefwaage und einen Karton. Jedes Teil in einem anderen Geschäft. Als ich die Farbe kaufte, legte Mia eine Packung Grillanzünder mit aufs Band an der Kasse.

»Was willst du damit?«

»Na, du weißt doch.«

»Das ist die zweite Stufe.«

»Wir nehmen es schon mal mit.« Sie behauptete, sie habe einen Schlüssel für eine der leeren Wohnungen, dort könnten wir alles vorbereiten.

Wir stiegen ins Auto, kauften in einem Supermarkt noch Lebensmittel, Obst und Gemüse und fuhren dann zurück zu Mia. Mia blieb noch im Auto sitzen. »Was ist eigentlich mit dir und Limette?«

»Wieso?«

»Es gibt doch den Vertrag mit dir?«

»Ja, bevor ich dich kennenlernte, habe ich diese Vereinbarung getroffen, dass wir vier Wochen zusammenleben wollen.«

Mia steckte den Daumen in den Mund. Ich hörte das Knacken ihrer Zähne auf dem Daumennagel. »Wirklich? Warum das denn?«

»Es war so eine Idee mal auszuprobieren, wie es ist, mit jemandem zusammenzuleben. Und Limette setzt mich jetzt unter Druck, es durchzuführen.«

»Womit setzt sie dich unter Druck?«

»Sie hat nicht mehr lange zu leben.«

»Was hat sie denn?«

»Krebs, glaube ich.«

Mia öffnete die Wagentür, stieg aus und holte unser Material aus dem Kofferraum. »Du weißt, dass sie eine Schauspielerin ist. Damals im Supermarkt machte sie auf perfekte Holländerin.«

Ich schüttelte den Kopf. »Ich glaube ihr.«

»Du machst es also.«

Ich nickte. »Mia, ich wusste damals nicht ...« Ich wollte sie umarmen und küssen, aber die Beutel mit unseren Einkäufen standen zwischen uns.

»Dann lass uns gleich eine paar Farbbomben mehr machen.«

»Mia, ich ...«

»Wie stellst du dir das vor? Sitze ich an eurem Bettrand und sehe euch zu?« Sie lief voraus, öffnete die Haustür und im Treppenhaus schrie sie: »Oder denkst du an einen flotten Dreier?« Es hallte im Treppenhaus. Mir schien es sogar, als wäre ihre Stimme durch die Türen der leeren Wohnungen gedrungen und hätten dort ein weiteres Echo erzeugt.

Ich legte den Finger auf die Lippen. »Mia, bitte …«

»Hier wohnt doch kaum noch jemand.« Sie lief die Treppen hinauf als würde sie vor mir davonlaufen. Mit den schweren Einkaufsbeuteln war sie außer Atem.

»Mia, versteh doch, ich fühle mich ihr verpflichtet. Als sie sagte, sie würde sterben, da kam es mir vor wie ein letzter Wunsch, den ich ihr erfüllen muss, und habe es nicht fertiggebracht, ihr von unserer Liebe zu erzählen.«

»Du musst es aber tun, du musst ihr gegenüber ehrlich sein.«

»Sagt man einer Sterbenden die Wahrheit?«

»Sag es ihr und erkläre dich trotzdem bereit, mit ihr zusammenzuleben.«

»Wie stellst du dir das vor?« Ich begann zu brüllen. »Du sitzt am Bettrand und siehst uns zu und daraus entwickelt sich ein flotter Dreier?«

»Pst«, sagte Mia. »Hier wohnen noch Leute.«

41. Kapitel

Zwei schwarze Vögel flogen über das Dach, verwandelten die Villa im Abendlicht in einen über Jahrtausende aus dem Boden gewachsenen Kreidefelsen.

Die weiße Villa des Hausbesitzers würde es mir schwer machen. Sie war wahrscheinlich vom Ende des neunzehnten Jahrhunderts, aber alle Verzierungen waren bei der Renovierung geglättet worden. Sie wartete geradezu auf meine schwarzen Farbkleckse. Aber sie stand in der Mitte eines großen Grundstücks und besaß einen Zaun, der so konstruiert war, dass man ihn nicht überwinden konnte. Vom Zaun bis zur Villa waren es etwa zwanzig Meter. So weit konnte ich meine Farbbomben nicht werfen.

Ich fuhr langsam vorbei, wendete und inspizierte die Villa ein zweites Mal. Sie machte nicht den Eindruck, als würde dort auch Personal wohnen. Links an der Grundstücksgrenze stand eine Doppelgarage. Daneben ein Baugrundstück, bei dem die ersten Mauern aus dem Keller ragten. Es war frei zugängig und möglicherweise gab es da eine Leiter, mit der ich auf das Garagendach klettern könnte. Von dort aus müsste ich es schaffen, die Fassade zu treffen.

Noch etwas irritierte mich, sodass ich den Wagen abstellte und zu Fuß zur Villa ging. Ich hatte alles über Alarm- und Überwachungsanlagen gelesen und auch mal mit einem Techniker gesprochen, der sie einbaute. Ich wusste, dass man eine der Kameras immer so installierte, dass sie gut gesehen werden konnte. Sie diente oft nur zur Ablenkung für die versteckten Kameras, wich man ihr aus, lief man vor die Objektive der anderen. Hier war nichts zu sehen. Das Tor für die Auffahrt war elektrisch gesteuert, darin befand sich eine kleinere Tür für Fußgänger. Ein Klingelknopf und eine Zahlentastatur in Brusthöhe mit Gegensprechanlage. Wenigstens diese Tür müsste doch im Bereich einer Kamera liegen. Aber, wenn ich von hier zur Villa blickte, sah ich nur ein kleines Fenster neben der Eingangstür. Selbst wenn die Bewohner Personal hätten, das von dort den Eingang überwachte, wäre die Entfernung zu groß, um jemanden zu identifizieren.

Ich wanderte an der Villa entlang, an der Baustelle vorbei, aus dem Kellergrund ragte etwas wie eine selbst gezimmerte Holzleiter, die würde mir helfen. An der nächsten Straßenkreuzung steckte ich meine Jacke in einen Jutebeutel und ging zurück. Wenn man in einer wohlhabenden Gegend mit wenigen Fußgängern zweimal an einer Villa vorbeiging, war das verdächtig. Mit einem Beutel hatte man offensichtlich nur etwas abgeholt. Die meisten Einbrecher dachten nicht so weit. Vielleicht sollte ich Einbrecher werden. Wirklich eine Art von Robin

Hood, der seine Beute unter den Armen verteilt. Schade, es gab keinen Tyrannen, der das niedere Volk ausbluten ließ. Nur den gewöhnlichen Kapitalismus, der das auf seine Weise tat mit dem Einverständnis der Opfer.

Der zweite Gang an der Villa vorbei sagte mir, dass das Haus zwar mechanisch gut gesichert war, aber keine Alarmanlage besaß. Auf der anderen Straßenseite kamen mir zwei Radfahrer entgegen. Ich hatte mich die ganze Zeit gefragt, wie ich hier ohne Auto herankommen könnte, denn in einer so ruhigen Straße erregt auch ein nächtliches Fahrzeug Aufsehen. Besonders zwischen zwei und drei Uhr nachts. Ich besaß ein Faltrad. Wenn ich damit vom Parkplatz des Autos am S-Bahnhof bis zur Baustelle fuhr, es flach hinlegte, würde es wohl niemand bemerken.

Im Weggehen drehte ich mich noch einmal um. Zwei schwarze Vögel flogen über das Dach, verwandelten die Villa im Abendlicht in einen über Jahrtausende aus dem Boden gewachsenen Kreidefelsen.

Keine Alarmanlage. Das passte nicht zu einem Menschen, der Vermögen vergrößerte, indem er andere auspresste. Wahrscheinlich war er durch eine Erbschaft reich geworden. Erben wussten oft nicht, dass Reichtum für Verbrecher eine Provokation sein konnte und waren nachlässig bei den Verteidigungsmaßnahmen.

Ich fuhr zurück. Mia trug zum ersten Mal nicht ihr orangefarbenes Kleid, sondern einen dunkelblauen Trainingsanzug. Sie strahlte mich an. »Kein Tropfen vorbei.« Sie hatte drei Farbballons gefüllt.

»Wann hast du den Hausbesitzer zuletzt gesehen?«

»Gestern, er kommt immer mit seinem Verwalter, und der spricht für ihn.«

»Er selbst hat nie Forderungen gestellt?«

»Nein, nur der Verwalter.« Mia hob die Brauen. »Stimmt was nicht?«

»Verstehe, er handelt wahrscheinlich auf dessen Rat. Dann werden wir mit unserem Anschlag wirklich eine Verhaltensänderung erreichen können, wenn es gar nicht seine Ideen sind. Aber ich muss die Ballons mit dem Fahrrad transportieren, in der Straße parken keine Autos, da hat jeder seine Auffahrt.«

»Da nehmen wir meins.« Mia rieb sich die Hände. »Es hat hinten und vorn einen großen Korb, so wie bei den Pizzalieferanten.«

»Die Strecke ist zu weit. Ich dachte, ich nehme mein Klapprad im Auto mit.«

»Ich kann doch schon mal losfahren. Wir treffen uns dann dort.«

»Mia, das geht nicht zu zweit. Da fällt man noch mehr auf.«

»Ach was, wir machen auf Liebespaar beim nächtlichen Spaziergang. Das können wir doch gut, brauchen wir nicht mal zu üben.« In Erwartung des kommenden Abenteuers färbten sich ihre Wangen.

Ich erklärte ihr die besonderen Bedingungen, mit dem Zaun, der Lage der Villa auf dem Grundstück und dass ich vom benachbarten Baugrundstück auf das Garagendach klettern müsste.

»Du willst mich nicht dabei haben, stimmt es?«

»Mia, es ist besser, ich mache das allein.«

»Ich muss mit. Ich muss das sehen.« Sie bildete eine Falte über der Nasenwurzel. »Wenn du mich nicht mitnimmst, erlaube ich dir Limette nicht.«

42. Kapitel

Nichts Besonderes.

In Zeiten der lückenlosen, digitalen Überwachung des einzelnen Menschen benutzte ich lieber die alten Methoden. Ich verbot Mia, im Internet das Ziel, die Villa des Hausbesitzers, einzugeben, um die Entfernung zu messen. Ich war sicher, man hinterließ dabei deutliche Spuren, selbst wenn man die Chronik des Internet-Browsers löschte. Ich breitete einen Stadtplan aus und mit einem kleinen Messrad fuhr ich die Straßen entlang. Mia würde mit ihrem Fahrrad weit über eine halbe Stunde für die neun Kilometer benötigen.

Sie prägte sich den Weg ein. Ich beschrieb ihr genau die Umgebung der Villa, die Baustelle und die Möglichkeit, dort hinter einem Bauholzstapel ihr Rad abzulegen und sich selbst zu verstecken. Ich fuhr mit dem Finger ein paar mögliche Fluchtwege entlang, falls wir entdeckt werden sollten. Mia sollte sich ruhig verhalten, bis ich kommen würde. Ich war mir sicher, vom

Dach der Garage aus mit meiner Kraft und meiner Wurftechnik die Fassade zu treffen.

Mia lief den ganzen Abend hin und her, gegen Mitternacht hielt sie es nicht mehr aus und wollte losfahren. Meiner Meinung nach war es zu früh. Selbst, wenn der Hausbesitzer um 23 Uhr ins Bett ging, gelangte er erst später in den tieferen Schlaf.

Mia ließ sich nicht mehr aufhalten. Sie fuhr los, nahm das Paket mit den Farbbomben. Ich schaute noch einmal hinein. Es waren vier.

»Wir hatten drei verabredet. Woher kommt jetzt der vierte Ballon?«

»Ich dachte, wenn einer danebengeht.«

»Hast du noch mehr angefertigt?«

Sie schüttelte den Kopf.

Kaum war sie losgefahren, durchsuchte ich die Wohnung. Ich wusste, ihr Kopfschütteln war eine Lüge. Was sie nicht ahnte, die Ballons konnte man nicht lange aufbewahren, sie wurden mürbe. Aber ich fand keinen weiteren Ballon. Ich suchte nach ihren Kellerschlüsseln, aber dort war auch keine Farbbombe. Es beruhigte mich ein bisschen, dass sie ein gutes Versteck gefunden hatte.

Zwanzig Minuten nach ihr fuhr ich mit dem Auto los. Ich parkte an der Stadtgrenze, auf der einen Seite der Straße Schrebergärten, auf der anderen Seite begannen die Felder. Ich packte mein Klappfahrrad aus.

Als ich die Villa erreichte, stand eine Seite der Doppelgarage offen, aber das Tor zur Auffahrt war geschlossen. Das Haus lag im Dunkeln, die Straßenlaterne warf Schatten auf die Fassade, sodass ich es zuerst nicht bemerke, aber es befanden sich zwei Farbkleckse darauf. Ich bog auf die Baustelle ein, Mia krabbelte aus der Baugrube und grinste. »Gut, was?«

Ich sah an ihr herab, einer der Ballons musste in ihrer Hand geplatzt sein. Die Farbe war zum Teil über ihren dunkelblauen Trainingsanzug gelaufen.

»Verdammt, du musst sofort verschwinden. Zu Hause ziehst du die Kleidung aus und entsorgst sie in einem öffentlichen Mülleimer, sonst kann man dich durch die Farbe identifizieren.«

»Ich habe noch einen, den werfe ich auf die Front der Garage.«

»Nein, Schluss, du musst sofort verschwinden! Hau ab!«

»Da ist doch gar keiner im Haus. Die sind weggefahren. Ich mach das eben noch.« Sie zeigte auf die provisorische Leiter, sie lehnte noch an der Seite der Garage.

»Du bist wahnsinnig.«

Sie streckte mir die Zunge heraus und war schon auf dem Weg.

Ich sah sie oben auf dem Garagendach, und da erst begriff ich, was sie wirklich vorhatte. Ich sah ein Feuerzeug aufflammen. Sie versuchte, einen der Grillanzünder zum Brennen zu bringen, was ihr auch gelang. Sie warf ihn in die Garage und traf ein Bündel alter Zeitungen, das vor einem Reifenstapel lag. Im gleichen Moment bog ein Wagen in die Straße ein, er fuhr zur Einfahrt, bremste und Mia stand im Scheinwerferlicht.

Eine Frau sprang aus dem Auto, schrie: »Was machen Sie da?« Dann wendete sie sich an den Fahrer des Wagens. »Heinz, es brennt! Es brennt!«

Das Tor öffnete sich, der Fahrer stieg aus und hatte einen kleinen Feuerlöscher in der Hand. Beide liefen auf die Garage zu. Die Frau bereits mit einem Handy am Ohr.

Jetzt war die beste Chance zu verschwinden, ich fuhr von der Baustelle. Dann sah ich zu Mia. Sie hob ihr Rad hoch. Ich winkte ihr, sie solle sich beeilen. Deutete die Richtung an, damit sie nicht auch noch an der Villa vorbeifuhr. Ich konnte nur hoffen, sie hatte die Straßenkarte gut im Gedächtnis.

Ich fuhr zu meinem Wagen und hörte in der Ferne die Feuerwehr kommen. Ich klappte das Rad zusammen, verstaute es im Kofferraum und fuhr zurück. Die Straße zur Villa war durch einen Polizeiwagen gesperrt. Das Feuer in der Garage schien gelöscht.

Ich hielt es für besser, nicht in Mias Wohnung zurückzufahren.

Gegen Morgen rief sie mich an. Sie sprach mit der Stimme eines kleinen Mädchens. Sie sei auf einem Polizeirevier, und ob ich ihren Anwalt anrufen könne.

»Was ist passiert?«, fragte ich, denn garantiert hörte jemand mit.

»Ach, nichts Besonderes«, sagte sie.

Ich wartete einen Augenblick auf ein Klicken in der Leitung. Dann erzählte Mia, auf welcher Polizeiwache sie sei und wie nett die Beamten seien. Sie betonte es so sehr, dass ich ahnte, das Gegenteil war der Fall.

43. Kapitel

Farbe ausbaden.

Wenn du jemals etwas planst, das ungesetzlich sein könnte, sprich es vorher mit diesem Anwalt durch«, hatte Almut damals gesagt und ihn mir vorgestellt.

Ich war ihrem Rat gefolgt. Als ich ihn vor Jahren um ein erstes Treffen bat, verriet er mir den Trick mit der Brille. Zwei aufs Glas geklebte Punkte irritierten die Gesichtserkennungsprogramme, weil sie als Pupillenabstand galten. Wahrscheinlich wurden alle Besucher seiner Praxis fotografiert. Ich kam beim zweiten Mal mit entsprechender Brille in sein Büro. Der Anwalt saß dünn am Klavier, hatte einen grauen Zopf und improvisierte eine Melodie, indem er die gesamte Breite der Tasten nutzte. Während er spielte, erklärte er mir alles über moderne Fahndungs- und Beweissicherungsmethoden, sodass ich daraus meine Strategien entwickeln konnte. Er wurde einer meiner ersten Auftraggeber und vermittelte mir viele weitere Wutbürger, die sich vom Gesetz im Stich gelassen fühlten.

Jetzt schilderte ich ihm Mias Fall. Der Anwalt ging kurz hinaus. Kam zurück und sagte: »Die Brandstiftung wiegt schwer, deshalb wird man sie ein paar Tage in Untersuchungshaft behalten, um ihre Wohnung und ihr Büro auf den Kopf zu stellen, um ihr weitere Taten nachzuweisen.« Er setzte sich ans Klavier und spielte *When the Saints go marchin' in* in einer sehr lauten Fassung. »Konntest du sie nicht aufhalten?«

»Sie wollte nicht auf mich hören. Ich glaube, es verschaffte ihr ungeheure Befriedigung, es selbst zu tun.«

»Die Farbe ist einfache Sachbeschädigung, geht mit Geldstrafe aus. Aus dem Brand macht ein Staatsanwalt Gefährdung von Menschenleben. Dann gibt's Gefängnis – wahrscheinlich mit Bewährung. Die Taten des Hausbesitzers, ihre Wut darauf, zählen vor Gericht eigentlich nicht, aber vielleicht gelingt es mir, daraus eine lange Terrorliste, eine körperliche Bedrohung zu machen, eine Form der Gewalt, auf die sie sich nicht anders zu wehren verstand. Selbstverteidigung.«

Er unterbrach sein Klavierspiel. Ich nahm an, das laute Klavier war notwendig um die Mikrofone zu stören, mit denen er abgehört wurde. Ich fragte ihn danach.

Er lachte. »Nein, jedenfalls weiß ich nichts davon. Und der Staat hätte viel zu tun, wenn er alle Anwaltsbüros abhören wollte. Da müsste ja auch jemand wirklich zuhören, um es zu bewerten. Nein, ich spiele, weil ich besser denken kann, wenn meine Finger beschäftigt sind. Es ist ganz simpel, körperliche Bewegung hilft. Andere gehen spazieren.«

Ich erzählte ihm von meinem Besuch bei Almut und ihrem Sohn.

»Und keinen Mann?« Es war weniger eine Frage, als mehr eine Feststellung. »Und das Kind ist vier oder fünf Jahre alt?«

»Ja.«

»Sie hat sich also mit beginnender Schwangerschaft zurückgezogen. Hat sie gesagt, wer der Vater ist?«

»Ich hab gar nicht direkt gefragt.«

»Du warst doch mit ihr damals zusammen?«

»Ja, schon. Du meinst … Sie gab mir nie das Gefühl, ich sei der Einzige in ihrem Leben.«

Es klopfte. Die Mitarbeiterin des Anwalts reichte einen Zettel durch die halb geöffnete Tür. Er las ihn im Stehen, sein Körper wurde noch schmaler.

»In der Wohnung deiner Freundin Mia wurde zwischen der Schmutzwäsche ein weiterer Farbballon gefunden und ein Schlüssel für eine leere Wohnung im Haus, in der man alle Utensilien zur Herstellung von Farbballons fand.« Er kniff den Mund zusammen.

»Woher kommst du so schnell an solche Informationen?«

»Die Polizei, dein Freund und Helfer.«

»Wirklich?«

Er setzte sich wieder ans Klavier, spielte den Anfang des *Kriminaltangos*.

»Da man diese Sachen bei ihr gefunden hat, wird man sie auch wegen anderer Farbewürfe auf Fassaden anklagen, sofern die Farbe identisch ist. Hättest du die nicht wenigstens wechseln können?«

»Aber ich wollte es allein machen. Sie sollte gar nicht dabei sein.«

»Jetzt muss sie die Farbe ausbaden, die du geworfen hast. Soweit dafür Strafanzeigen vorliegen. Meist haben die Geschädigten das ja gar nicht polizeilich aufnehmen lassen.«

»Ich könnte für die anderen Fälle einen Bekennerbrief schicken, mit sogenanntem Täterwissen.«

»Wart es ab. Erst mal kümmere ich mich um alles. Außerdem stehen die sowieso demnächst vor deiner Tür, du bist immerhin mit ihr befreundet, möglicherweise bringen sie sogar einen Durchsuchungsbefehl mit. Also, vernichte alles, was irgendeine Spur sein könnte.«

Ich dachte an Gandalf. Wenn man das Büro von Mia durchsuchte, würde man auf ihn treffen, vielleicht auch von dem Überwachungsauftrag mit mir als Zielperson erfahren. Ich dachte, es wäre besser, auch diese Sache dem Anwalt zu erzählen.

»Scheiße«, kommentierte er.

44. Kapitel

Einen oder zwei Tage in Untersuchungshaft.

Vor Limettes Haus warfen die Birken ein paar Blätter über mir ab. Zu früh – noch einige Wochen bis zum Herbstanfang. Ich bückte mich, hob eines auf, es hatte fast die Farbe von Mias Kleid. Für einen Moment kam mir der Gedanke, Mia hatte alles genauso gewollt. Kein Zufall, dass sie noch einmal auf das Dach geklettert war. Sie wollte gefasst werden, der Hausbesitzer sollte wissen, wer sich da gegen ihn mit vergleichbaren Methoden wehrte. Deshalb das Feuer in der Garage, und nicht nur das Symbol der beschmutzten Fassade: Du zerstörst meine Wohnung, also verbrenne ich deine Luxusgarage. Etwa der gleiche Wert. Und ab jetzt kannst du nicht mehr ruhig schlafen, denn ich bekenne, ich bin eine von deinen Mieterinnen und davon gibt es viele. Wenn du sie weiter drangsalierst, werden auch sie kommen und vielleicht dein Haus in Brand zu stecken. Jede Nacht wirst du durch ein Knistern geweckt, aus dem Bett springen, weil du denkst, wir haben dein Haus angezündet.

Mia hatte genau jenen Schritt getan, den meine Auftraggeber nicht wagten, sie hatte sich zur Tat bekannt.

Ich stieg hinauf in die Wohnung, setzte mich aufs weiße Sofa und begann von Almut zu erzählen. Ich benutzte dabei viele Adjektive, um manchen Aussagen die Schärfe zu nehmen und Konkretes verschwimmen zu lassen. Limette ging in die Küche, ich folgte ihr und berichtete weiter. Sie brachte Wasser zum Kochen, goss Tee auf, trug die Kanne ins Wohnzimmer, ohne mich zu unterbrechen. Sie schenkte uns ein. Ich erzählte weiter und sie hörte stumm zu, hob mal die Brauen oder brachte ein leichtes Lächeln hervor.

Am Ende berichtete ich, wie Mia auf unseren Plan eines Zusammenlebens auf Probe reagiert hatte.

Limette setzte sich zu mir aufs Sofa, nahm meine Hand und sagte: »Das Meiste wusste ich schon.«

»Wirklich?«

Sie nickte und küsste mich auf die Wange. »Gestern Abend rief mich Mia von unterwegs an und erzählte mir von ihrem Gespräch mit dir über mich. Kann es sein, dass sie sich deshalb verhaften ließ, damit du und ich ...«

»Nein, nein, sie wird nur einen Tag oder zwei in Untersuchungshaft bleiben, sagt der Anwalt ...«

»Ich konnte sie auch, glaube ich, beruhigen. Ich sagte, es wäre nur unser beider Versuch einer Art Wohngemeinschaft.«

»Wohngemeinschaft?«

»Ich habe eines meiner Zimmer für dich hergerichtet. Ich zeige es dir gleich.«

Limette erhob sich und nahm eine Karte von einem Schrank. Sie reichte sie mir. Es war die Einladung zu unserem gemeinsamen Fest in Clarissas Bar in vier Tagen.

Ich war mir im Moment nicht mehr sicher, ob wir dieses Datum abgesprochen hatten. »Dann kann Mia wahrscheinlich dabei sein. Wie viele Einladungen sind es?«

»Etwa zwanzig Personen. Vielleicht ein paar mehr. Ich wollte den Kreis nicht zu groß machen. Brauchst du noch Einladungen?«

»Nein, wir haben dieselben Freunde.«

»Du solltest mit Clarissa noch über die Kosten verhandeln. Sie will ein kleines Büfett machen. Am besten sprechen wir gleich darüber ... ach nein, du sollst ja nicht mitkommen. Das habe ich jetzt vergessen.«

»Wieso, was ist?«

»Wir treffen uns bei Clarissa, um zu beratschlagen, wie wir Mia helfen können.«

»Warum soll ich nicht dabei sein?«

»Wir dachten, es wäre besser, wenn du keine Aufgabe übernimmst, damit die Polizei nicht auf deine Spur kommt.«

45. Kapitel

Du machst das nicht!

Wir versammelten uns in der kleinen Küche hinter Clarissas Bar. Gandalf war mit einem langen Leinenmantel dabei, sich wirklich in einen Zauberer zu verwandeln. Daniel verschränkte die Arme vor der Brust und ließ die Muskeln spielen. Die Geschirrspülmaschine lief mit dem Geräusch eines großen Wasserfalls. Im Café saßen drei Gäste an den Tischen, und Clarissa sah immer wieder nach ihnen, doch dann schloss sie die Tür.

»Meine Idee ist folgende.« Sie stellte sich mit dem Rücken gegen die Geschirrspülmaschine, stemmte ihre Arme darauf und die Maschine wurde leiser, wollte ebenfalls zuhören.

»Wir brauchen mindestens zwei Leute, die behaupten, sie wären die Täter gewesen. Hab ich mal im Fernsehen gesehen. Niemand konnte verurteilt werden, weil es keinem der drei eindeutig nachzuweisen war.«

»Aber der Hausbesitzer hat Mia auf dem Dach der Garage gesehen und erkannt«, unterbrach ich sie.

»Habe ich auch schon dran gedacht. Aber mit blonder Perücke sehe ich in der Dunkelheit auch aus wie Mia. Und Limette könnte auch behaupten, sie wäre es gewesen. Und jede von uns behauptet, sie hätte die Requisiten in Mias Fahrradkorb gelegt und dabei sei ein Ballon geplatzt und die Farbe über Mias Kleidung gelaufen.«

»Ich könnte doch auch mit blonder Perücke ...«, sagte Daniel.

»Es gibt keine Farbe auf Mias Rad«, wendete ich ein.

Es klopfte an der Tür. Clarissa ließ die Maschine los, die sofort die Gelegenheit ergriff und wieder einen großen Wasserfall vorspielte.

Der Anwalt stand vor der Tür. Ich wunderte mich, denn er schien alle zu kennen, nickte in die Runde und sprach sofort Gandalf an. »War die Polizei schon bei dir im Büro?«

»Ja, aber da gab es nichts zu finden und nichts zu erfahren.«

Clarissa berichtete von ihrer Idee, mehrere Täter zu präsentieren.

Der Anwalt zog alle Falten im Gesicht zur Nase zusammen. »Deutsche Gerichte neigen manchmal dazu, so etwas dann als gemeinschaftlich begangene Tat zu werten.«

Daniel hob einen Finger. »Wie wär es, wenn wir Mia einfach außer Landes schaffen. Ich fahre sie mit dem Auto nach Paris und dort besteigen wir ein Flugzeug nach Südamerika.«

»Die Verjährungsfrist kann bis zu zehn Jahre dauern, wenn der Täter bekannt ist«, sagte der Anwalt.

Daniel ließ sich nicht beirren. »Macht nichts. Wenn wir ein vernünftiges Quartier haben, kommt ihr alle nach. Eine Bar kann man überall eröffnen. Wir bleiben zusammen und für immer in Südamerika.« Er drehte sich zu mir um. »Für dich finden wir dort auch einen anständigen Job.«

»Und wie wäre es«, sagte Clarissa, »wenn wir losgehen und alle anderen Wände des Hauses auch mit Farbbomben bewerfen, um so zu zeigen, dass Mia es nicht war, sondern der richtige Täter noch in Freiheit ist?« Die Spülmaschine hinter ihr schaltete sich ab. Der Programmzeiger sprang auf *Trocknen*.

Der Anwalt schüttelte den Kopf. »Sie wurde identifiziert, hatte Beweismittel bei sich. Und soviel ich weiß, hat sie die Tat zugegeben. Wenn man ihr die anderen Farbbeutelwürfe auch zuordnen wollte, was noch nicht klar ist, dann wäre es gut, Zeugen zu haben, die bestätigen, dass Mia woanders war.«

»Es hat also auch gar keinen Sinn, wenn ich behaupte, Mia war während der Tatzeit mit mir zusammen?«, sagte Clarissa.

»Nein.«

»Ich denke, sie kommt ins Gefängnis, bekommt Bewährung oder nur eine Geldbuße. Sie hat ja keine Vorstrafen. Aber es gibt vielleicht noch einen Zivilprozess, in dem es um den Schadenersatz für den Hausbesitzer geht. Da könnten wir vielleicht eingreifen, damit er gar keine Anzeige erstattet und keine Forderungen stellt.«

»Wie?«

»Man könnte mit einer spontanen Demo vor seiner Villa drohen, die ihn vor den Nachbarn bloßstellt.

Jemand könnte mit ihm als Journalist sprechen und einen möglichen negativen Artikel über ihn in der Presse andeuten. Er muss begreifen, dass seine weiteren Mieter und deren Sympathisanten auf Mias Seite und jederzeit bereit sind, gegen ihn vorzugehen. Vielleicht könnte ein weiterer Farbbeutelwurf das unterstreichen. Aber nicht dabei erwischen lassen.« Er schwenkte den Zeigefinger.

»Gut«, sagte Clarissa und öffnete die Spülmaschine, um eine Dampfwolke herauszulassen, die uns zurück in die Bar trieb. Ich ging als Letzter.

Durch den Nebel sah mich Clarissa an. »Du machst das nicht«, sagte sie. »Jetzt sind wir mal dran.«

46. Kapitel

Liebe oder etwas Ähnliches.

Ich solle aus der Stadt verschwinden, weit weg gehen. Und wo auch immer ich hinfahren und mich aufhalten würde, ich solle Zeugen dafür haben, riet mir Gandalf zum Abschied. Er legte eine Hand auf meine Schulter.

So eine ähnliche Empfehlung hatte ich meinen Auftraggebern auch gegeben.

Ich wollte noch erklären, wie man das am besten macht mit den Farbballons. Sie ließen mich nicht.

»Hau ab«, sagte Limette, »aber sei rechtzeitig zu unserem Fest wieder da.«

»Aber achtet darauf, dass Mia, falls sie wieder draußen ist, sich auch ein Alibi besorgt, wenn ihr einen weiteren Wurf ausführt.«

Clarissa schob mich Richtung Ausgang. »Jetzt ist gut.«

»Aber …«

»Wir haben einen Anwalt dabei.« Sie öffnete mir die Tür der Bar. »Ich sag mal, du solltest bis heute Abend die Stadt verlassen haben.«

Ich sah zurück durch die Glasscheibe. Alle hatten sich an einen Tisch gesetzt. Limette aber war stehen geblieben, stützte die Arme in die Hüften, als wäre sie die Anführerin, oder zumindest diejenige, die den Anschlag ausführen würde. Ihre Mimik zeigte Entschlossenheit oder Schmerz, vielleicht beides.

In einer solchen Rolle hatte ich sie nie gesehen. Ich dachte an das Bild *Die Freiheit führt das Volk* von Delacroix, auf dem die Marianne, die Nationalfigur der Französischen Republik, mit bloßen Brüsten auf den Barrikaden den Kämpfern vorangeht. Das passte nicht zu Limette. Etwas musste geschehen sein, von dem ich nichts wusste. Ich hatte das deutliche Gefühl, dass alle meine Freunde zwar alles über mich wussten, aber sehr viel mehr von sich vor mir verheimlichten.

Das Gefühl, ausgeschlossen zu sein, verstärkte sich.

Ich spürte noch den Druck von Gandalfs Hand auf meiner Schulter.

Jetzt verließen auch die anderen Gäste die Bar, und Clarissa kam mit einem handgeschriebenen Zettel, klebte ihn an die Türscheibe: *Wegen Wasserrohrbruch geschlossen.*

Mit einer Handbewegung scheuchte sie mich davon.

Gut, ich würde für ein bis zwei Tage nach Friedrichstadt fahren, herausfinden, ob Janosch wirklich mein Sohn war.

Aus alter Gewohnheit fuhr ich bis zu einem Hotel und suchte am Computer in dessen Foyer nach einer Übernachtungsmöglichkeit in Almuts Nähe, denn bei ihr zu wohnen, schien mir nicht passend, vor allem, wenn ich unangemeldet auftauchte. Und ich brauchte Zeugen für meine Anwesenheit.

Ich fand ein Hotel direkt an der Treene, auf der anderen Seite des Flusses lag Friedrichstadt und zu Almut war es nicht weit. Ich bezahlte mit Kreditkarte an, um Spuren zu hinterlassen.

Für zwei Tage hätte eine Tasche genügt, aber ich beschloss, dass Touristen, und als solcher wollte ich mich ausgeben, zur Glaubwürdigkeit einen Koffer brauchten. Auch mein Klapp-Fahrrad packte ich hinten ins Auto.

Schon auf dem Weg zur Autobahn versuchte ich mich zu erinnern, wie ich vor Jahren in den kleinen Freundeskreis von Clarissas Bar gekommen war. Almut hatte mich mitgenommen, mir Clarissa vorgestellt. Was mir zufällig erschien, war von ihr geplant gewesen. Jetzt erinnerte ich mich ganz genau an ihre Worte: »Clarissa ist das Ohr, du kannst ihr jederzeit alles sagen, etwa wie bei einer Beichte.« Für mich war es selbstverständlich, dass eine gute Barfrau vor allem eine gute Zuhörerin sein musste. Ich war mir nicht sicher, ob sie mir auch Limette vorgestellt hatte. Daniel habe ich erst später kennengelernt.

Damals wusste ich noch nicht, dass Almut sich eine Woche später verabschieden würde. Sonst hätten ihre Worte eine andere Bedeutung für mich gehabt. Möglicherweise hatte sie Clarissa darüber informiert, dass ich kurz davor war, ein heimlicher politischer Aktivist zu werden, denn woher wussten sie alles über mich? Vielleicht hatte Almut wirklich alles geplant – ich sei ihr Experiment, hatte sie behauptet. War Clarissa dann die Führerin einer geheimen, politischen Zelle? In meiner Fantasie stellte ich mir vor, wie sie mich beeinflussen wollten. Almut befahl mit nackten Brüsten auf den

Barrikaden: »Limette, du nimmst Holm aus der Linie, bringst ihn dazu, mit dir zusammenzuleben.«

»Aber er kann nicht lieben.«

»Wir müssen diese Fähigkeit bei ihm aufwecken. Wer kommt dafür infrage?«

»Am besten ist Mia. Sie kennt viele Tricks, um Aufmerksamkeit und Liebe zu gewinnen.«

»Aber Verliebte sind ein hohes Risiko bei der Revolution.« Das könnte Daniel eingewendet haben.

Almut schlug mit der Faust auf den Tresen. »Das Risiko muss in diesem Fall Mia eingehen. Wir ziehen sie danach aus dem Verkehr, damit Holm und Limette zusammenkommen können.«

Vielleicht war ich wirklich nicht so frei, wie ich dachte, und alle Zufälle meines Lebens waren von anderen geplant.

Almut verabschiedete sich eine Woche später. Ich traf sie zwischen Koffern und Taschen, die eine Mauer um sie bildeten. Ich kam nicht nah an sie heran. Sie sagte, sie müsse weg, eine Zeit lang für sich sein. Es gehe nicht anders. Ein letzter Kuss. Unter uns und zwischen uns ein Koffer, der verhinderte, dass sich unsere Körper berührten.

»Ich kann nicht anders, ich schreibe dir eine Postkarte, wenn ich angekommen bin. Ich weiß noch nicht genau, wo das sein wird.«

Ich nickte. Es klang, als wären es ein paar Tage, vielleicht eine Woche, bis wir uns wiedersehen könnten. Ich würde ihre Adresse bekommen und zu ihr fahren.

Von Liebe war zwischen uns nie die Rede gewesen, aber es war etwas Ähnliches, auch mit Tränen. Sie kamen mir nach vierzehn Tagen. Ich war zu diesem Zeitpunkt sicher, es würde keine Karte mehr von ihr kommen.

Almut war aus meinem Leben verschwunden. Sie wollte es so.

47. Kapitel

Rote Spur durch die Nacht.

Ich verstand mich darauf, keine Spuren zu hinterlassen, aber ich wusste auch, wie man im Gedächtnis der Menschen blieb. Ich empfahl allen meinen Klienten beim Beschaffen von Alibis den Trick, mit dem eigenen Auftritt kleine Geschichten zu inszenieren. Zum Beispiel fragte man nach der Uhrzeit und erzählte dazu die Geschichte, dass die Uhr heruntergefallen sei und man deshalb glaube, sie zeige nicht mehr die korrekte Zeit.

Jeder Befragte erinnerte sich später an diese Szene.

Im Hotel an der Treene erzählte ich genau diese Geschichte an der Rezeption. Es genügte mir nicht, meine Anwesenheit durch das Benutzen der Kreditkarte zu dokumentieren, denn die konnte jeder andere auch verwenden.

Ich hatte das Hotel ausgewählt, weil Almuts Haus nur etwa drei Kilometer entfernt lag, ich es zu Fuß oder mit dem Fahrrad erreichen konnte. Doch es war schon zu spät für einen Besuch bei Almut. Ich ging aufs Zimmer, packte meine Sachen aus und ging wieder hinunter, nach draußen bis zum Landungssteg. Das Hotel bot die Möglichkeit, sich über den Fluss nach Friedrichstadt übersetzen zu lassen.

Ich ging zurück ins Restaurant, wollte als Gast bemerkt werden und mir mit einigen Bieren genug Gewicht für das Bett zulegen, um für möglichst lange Zeit darin zu versinken. Denn am nächsten Vormittag war Almut sicher nicht zu erreichen, sondern unterrichtete in der Schule.

Ich betrat das Restaurant, die Essenszeiten waren vorbei, es saßen nur noch wenige Gäste an den Tischen. Einer sprang auf und winkte mir und rief: »Holm!«

Es war Franz, der Tierarzt. Er schüttelte mir die Hand und fragte: »Wir waren doch beim Du?«

Ich lachte. »Ich hoffe es.«

Franz stellte mich seinem Begleiter vor, einem Landwirt aus der Nähe. »Ich war gerade bei ihm, wegen seines kranken Hundes. Höchstwahrscheinlich eine Vergiftung, aber er ist auf dem Weg der Besserung.« Er zeigte auf eine große Tasche zu seinen Füßen.

Franz bestellte Bier, der Landwirt erhob sich schnell, sagte, er würde die Rechnung bezahlen. Er vermittelte mir den Eindruck, dass er erleichtert war über die Ablösung als Gesprächspartner beim Tierarzt.

Franz grinste hinter ihm her. »Ich weiß, dass ich ihn genervt habe. Ich versuchte ihn davon abzubringen, den Hund jetzt den ganzen Tag an die Kette zu legen. Den Giftköder hat er sich nämlich irgendwo auf dem Nachbarhof geholt. Ein Reinigungsmittel, wahrscheinlich. Man kann einen Hund so erziehen, dass er ein bestimmtes Gebiet nicht allein verlässt. Aber die Bauern hier wollen natürlich mit einem Tier keine Mühe haben. Willst du darüber mehr erfahren? Hochleistungsmilchkühe, Schweinemast und so weiter?«

Ich schüttelte den Kopf. »Ich weiß das. Und bist du nicht Bestandteil des Systems?«

Er nickte. »Stimmt. Ich komme da nicht raus. Es wird Zeit, dass der Tierschutz mit artgerechter Haltung ins Grundgesetz kommt. Ein Tier sollte mehr Wert haben als jeder beliebige Gegenstand.«

Ich stieß die Luft durch die Nase aus. »Was ist artgerecht bei einem Haustier, dem man über mehrere Tausend Jahre eine weitere Rippe oder riesige Euter angezüchtet hat?«

Wir bekamen das Bier, hoben unsere Gläser und prosteten uns zu. Franz erzählte von den Milchkühen, die wegen der schnelleren Milchproduktion nur noch im Stall standen, von den Giften auf den Feldern und der Mentalität der Bauern, die keinen Bezug mehr zur Natur hatten. Plötzlich hielt er inne und fragte: »Und was machst du hier?« Mir kam es vor, als hätte er gerade ein neues Betätigungsfeld für meine Farbbeutelwürfe beschrieben.

»Ich … ich wollte Almut noch einmal besuchen. Habe da eine Reihe von Fragen.«

»Sie erzählte mir, dass ihr zusammen wart, bevor sie hierher kam.« Er senkte den Blick, grinste in sein Bierglas. »Sie sagte, ihr hättet euch nicht entscheiden können, ob es Liebe war.«

»Stimmt. Weißt du, wer der Vater ihres Sohnes ist?«

»Janosch ist mein Sohn.« Das Lachen wartete ein paar Sekunden hinter seinen Lippen, dann prustete er los, stoppte schnell und kam mit dem Kopf dicht zu mir. »Ich bin schwul«, flüsterte er. »Frauen, das geht mit mir gar nicht. Aber das soll hier keiner wissen. Auf dem Land kann das gefährlich sein. Almut und ich tun deshalb so, als hätten wir was miteinander. Bei den Dorffesten zeigen wir uns gemeinsam.«

»Und das funktioniert?«

»Dem Dorfklatsch nach zu urteilen betrügt mich Almut. Besser geht's nicht.«

»Und du?«

»Ich betrüge sie, wenn ich ein- bis zweimal im Monat in die Stadt fahre. Da tobe ich mich aus.«

»Und woher kommt Janosch?«

Er hob die Schultern. »Musst du sie selbst fragen.«

Franz bestellte weitere Biere und Schnäpse, bis wir vollständig betrunken waren, zwischendurch schwärmte er von Almut, die wie er außer Arbeit nichts kenne. Er machte mir den Vorschlag, hierher zu ziehen, er habe da auch schon ein Häuschen. Dann könnte ich vielleicht ein bisschen auf Almut einwirken, ihr zu ein bisschen mehr Freude am Leben verhelfen.

Schließlich begleitete ich ihn nach draußen. Ich hielt sein Fahrrad, und er schnürte seine Tasche fest.

Erst beim zweiten Versuch gelang es ihm, sein Bein über den Sattel zu schwingen. Ich lief hinterher und hielt das Rad am Gepäckträger im Gleichgewicht. »Lass los!«, rief er und fuhr im Zickzack davon. Ich beobachtete noch eine Weile sein in der Dunkelheit leuchtendes Rücklicht. Am Licht konnte ich erkennen, dass er anfangs mehrmals kurz davor war, neben dem Weg in einen Graben zu stürzen. Aber je länger er fuhr, umso gradliniger führte seine rote Spur durch die Nacht.

48. Kapitel

Die Krähen folgten mir.

In der Stadt konnte ich so viel Alkohol trinken wie mit dem Tierarzt, ohne am nächsten Tag davon etwas zu spüren. Hier auf dem Land bekam ich Kopfschmerzen. Es musste an der Luft liegen. Landluft, klar.

Ich erwachte spät, putzte mir nur die Zähne, um dann zum Frühstück zu gehen, dessen vorletzte Minute ich noch erreichte. Ich bediente mich am Büfett, alle anderen gingen, ich saß allein und trank im Übermaß Kaffee und hoffte, davon würden die Kopfschmerzen verschwinden. Dann ging ich wieder aufs Zimmer, duschte ausgiebig und machte gymnastische Übungen, die ich mir ausdachte, um mit diesen Körperbewegungen meine Leber bei ihrer Arbeit zu unterstützen. Dann fiel mir ein, dass es Leberschäden gab, bei denen sich das Organ so aufblähte, dass man sich nicht mehr bewegen durfte, weil es sonst platzte. Ich stoppte die Gymnastik, bewegte mich nur noch sehr langsam, verließ das Hotel und ging zum Anlegesteg und ließ mich mit dem Boot über die Treene nach Friedrichstadt bringen.

Schon am Ufer hockte ein Schwarm Saatkrähen in den Bäumen, der mir zu folgen schien, um sich über meine Kopfschmerzen zu freuen und sie anzufeuern. Ich spazierte durch die Stadt, deren Gesicht die Holländer geprägt hatten. Die Krähen folgten mir. Suchte ich mir eines der Häuser aus, in denen ich gern wohnen würde, kamen sie, setzten sich entlang des Dachfirstes und beschimpften mich. Ich aß Kuchen und trank noch einmal Kaffee und wartete darauf, dass die Krähen kamen, aber diesmal blieben sie weg. Ich stellte mir das Leben auf dem Land oder in einer solchen kleinen Stadt vor. Meine Brust zog sich zusammen. Wovon sollte ich leben? Länger als ein bis zwei Jahre würden meine Ersparnisse nicht reichen. Mit den Krähen waren meine Kopfschmerzen verschwunden.

Ich ließ mich von einem Taxi zurückbringen. An der Rezeption lag eine Nachricht von Franz, dem Tierarzt. Ich solle vorbeikommen, wann immer ich Lust dazu hätte.

Es war nach Mittag, vielleicht war Almut bereits aus der Schule zurück. Ich hob mein Faltrad aus dem Kofferraum meines Wagens und klappte es auf. Der Wind kam von vorn und brach sich an den Kanten meiner Ohren. Ein dumpfes Rauschen. Mit meiner Geschwindigkeit schwoll es auf und ab. Vielleicht noch eine Folge des Alkohols. Übersensibilisierung der Ohren.

Über eine schmale Straße erreichte ich das Dorf, fuhr hindurch, diesmal ließ sich niemand blicken. Vor Almuts Haus legte ich das Fahrrad ins tiefe Gras. An der Eingangstür stand ein kleiner Rucksack für Kinder.

Ich klingelte, aber es öffnete niemand. Ich ging ums Haus in den Garten, setzte mich auf den Boden und lehnte mich mit dem Rücken an einen alten Baum.

»Sie haben mich nicht gesehen, nicht wahr?« Janosch stand an der Seite des Baums.

»Nein.«

»Almut sagt auch, wenn ich mich nicht bewege, sieht man mich oft nicht. Almut hat Angst, dass ich deswegen eines Tages überfahren werde, dabei muss man sich bewegen, um über eine Straße zu gehen.«

»Stimmt. Kannst du ihr das nicht erklären?«

»Sie will nicht darüber reden. Aber einmal hat sie gesagt, ich hätte das von meinem Vater, der ist wohl auch manchmal unsichtbar.« Janosch setzte sich neben mich. »Sind Sie mein Vater?«

»Möchtest du das gern?«

»Als Sie neulich bei uns still im Wohnzimmer saßen, da war es für einen Moment so, als wäre da keiner drin.«

»Du hast mich nicht gesehen?«

»Doch. Nur für einen Augenblick war es so, als wären Sie verschwunden.«

»Wo ist Almut?«

»Die kommt gleich. Nach der Vorschule holt mich eine Frau aus dem Dorf ab, und ich bleibe noch bei ihr und gehe dann allein hierher.«

»Wie alt bist du?«

»Ich werde bald fünf.«

»Wie ist das in der Vorschule?«

»Langweilig. Ich kann schon seit Langem lesen und schreiben. Aber Almut gefällt das nicht, deshalb tue ich so, als könnte ich es nicht.«

»Wirklich?«

»Ich lese nachts unter der Bettdecke.«

»Jetzt verstehe ich, wieso du die Kiste mit den Büchern vom Schrank holen wolltest.«

»Das dürfen Sie ihr nicht verraten.«

Ich schüttelte den Kopf. »Mach ich nicht.«

Ein Auto kam heran. Es parkte auf dem Sandplatz auf der anderen Seite der Straße. Franz kam aus dem Haus und Almut ging zu ihm, umarmte ihn. Sie zeigte zu uns hinüber. Wir winkten einander zu. Es kam mir vor, als wäre unser ganzes Leben so verlaufen: Almut hatte mir immer vom Haus eines anderen zugewinkt.

49. Kapitel

Willst du den Vater spielen?

Janosch ging nach oben, Almut in die Küche. Sie erzählte von ihrem Alltag in der Schule und wie sie alles mit Janosch organisiert habe, dann berichtete sie von einigen der Dorfbewohner. Sie bereitete dabei das Backen eines Kuchens vor. Sie ließ keinen Raum für eine Frage oder einen Kommentar, doch als ihr ein Holzbrett herunterfiel, blickte sie plötzlich zu mir und fragte: »Was willst du hier?«

»Ist Janosch mein Sohn?«

»Willst du den Vater spielen?«

»Vielleicht hätte Janosch gern einen Vater.«

Sie ließ ihre Arbeit ruhen, lehnte sich mit dem Rücken gegen den Herd und stemmte die Fäuste in die Hüften. »Hör zu, als ich schwanger wurde, bin ich aus der Stadt geflohen, weil ich nicht wollte, dass jemand sich als Vater aufspielt, diese Art von Familienstruktur inszeniert, meist mit sich selbst als Mittelpunkt, weil er ja von Natur aus nach der Zeugung überflüssig ist. Eine

Frau braucht keinen Mann, schon gar keinen, der die Familie als bequeme Möglichkeit für die Erfüllung seiner Bedürfnisse betrachtet.«

»Ist das so?«

»Guck dich um.«

Sie wendete sich wieder dem Kuchen zu, legte Teig auf ein Blech und ordnete Pfirsichscheiben darauf an. »Ich wusste, dass es auf so ein Gespräch hinausläuft, deshalb backe ich Kuchen. Immer, wenn ich jemandem eine Abfuhr erteilen will, muss ich Kuchen backen …«

»… und als Ausgleich dazu etwas Süßes herstellen.«

Almut grinste den Kuchen an, drehte sich wieder mir zu. »Also gut, wenn du willst, bist du sein Vater, aber glaube ja nicht, du könntest daraus Rechte ableiten.«

»Wie wäre es mit Pflichten?«

»Brauchen wir nicht.« Sie rührte eine Flüssigkeit an und goss sie über die Früchte. »Janosch ist weiter, als man denkt.«

»Ich könnte hier auf dem Land …«

»Nein. Fahr zurück in die Stadt, nur dort funktionieren deine Möglichkeiten, die Protesthaltung von Bürgern aufzufangen und zu kanalisieren. Ich hab mir das zwar anfangs anders vorgestellt, aber du hast eine wichtige Funktion. Die Menschen, die dich beauftragen, haben, nachdem du für sie aktiv warst, eine andere Weltsicht.«

»Was heißt das, du hast dir das anders vorgestellt.«

»Ich wusste, dass du im Untergrund arbeiten würdest. Den Anstoß bekamst du durch mein Verschwinden.«

»Du hast das geplant?«

Sie nickte, schob das Kuchenblech in den Ofen.

»Als ich die ersten Leute zu dir schickte, dachte ich, du würdest selbstlos aktiv werden. Aber der Leidensdruck der Leute war so groß, dass sie bereit waren, dich zu bezahlen. Das habe ich nicht erwartet.«

»Du hast … nein, meine ersten Klienten kamen über den Anwalt.«

»Und wer hat sie dahin geschickt?«

»Aber bei meinen jetzigen Kunden verlange ich mein Honorar von Anfang an.«

»Es ist in Ordnung so. Ich habe darüber nachgedacht. Mach weiter so. Wir brauchen mehr Protest-Profis wie dich. Deine Auftraggeber haben sowieso das Gefühl, es selbst getan zu haben. Doch sie hätte man gefasst, so wie Mia, dich nicht. Aber ich glaube, es sind inzwischen mehr Profis, die das machen. Du hast so eine Art Vorbildfunktion darin, wie effektiv man diese Anschläge ausführen kann und wie gering die Chancen der Behörden sind, dich zu entdecken. Ich gestehe, ich habe bis vor Kurzem noch anders gedacht, eher an Gruppenbildung, aber die fliegt schnell auf. Und als du mir bei deinem letzten Besuch von deiner Arbeit erzähltest, war mir klar, das ist die Lösung: der effiziente Einzelkämpfer. Man müsste nur noch ein Kommunikationsmittel finden, damit alle immer auf gleichem technischem Stand sind. Vielleicht eine Internetseite in einem harmlosen Gewand.«

Almuts Redeschwall sollte mir etwas verbergen. Ich stellte die Frage trotzdem: »Woher weißt du von Mia?«

»Hast du es mir nicht erzählt?«

Ich hob die Schultern. Aber ich wusste, ich hatte ihr von Mia nichts erzählt. Sie musste Kontakt mindestens zu einem von uns haben.

»Kaffee?«

Ich nickte und Almut befüllte den Kaffeefilter. »Wann fährst du zurück?«

»Vielleicht morgen.«

»Musst du nicht heute zurück, wegen des Festes mit Limette?«

»Nein, das ist erst übermorgen.« Ich begriff, Almut wusste alles.

»Hältst du das für eine gute Idee mit Limette?«, fragte ich.

Almut antwortete nicht, sie tat beschäftigt, trug Kaffeetassen ins Wohnzimmer, deckte dort den Tisch und machte dabei viel zu viele Geräusche. »Ich frage Franz, ob er zum Kaffee kommen will.« Es klang wie der Anfang eines Liedes. Sie verschwand aus dem Haus. Als sie zurückkam, plauderte sie über Dorfklatsch, ließ sich wieder nicht unterbrechen. Schließlich war der Kuchen fertig. Sie schob mir gleich drei Stück auf den Teller. Ich erkannte an ihrer Geschäftigkeit, dass sie nicht wollte, dass ich darüber nachdachte, woher sie das alles über mich wissen konnte.

»Was ist mit Franz?«, fragte ich.

»Er kann nicht, hat eine Verabredung mit einem Pferd.«

Sie rief Janosch. Er kam und Almut befragte ihn nach der Vorschule. Wir aßen Kuchen und ich verabschiedete mich. Ich spürte Almuts Erleichterung darüber.

Janosch brachte mich bis vors Haus.

»Was ist nun?«, fragte er. »Bist du mein Vater?«

»Wahrscheinlich.«

»Und wohnst du bei uns?«

»Ich glaube nicht.«

»Schade. Wir könnten gemeinsam Geheimnisse haben. Almut weiß einfach immer alles. Man kann vor ihr nichts geheim halten.«

»Habe ich auch gemerkt.«

Auf dem Rückweg mit dem Fahrrad, die Felder entlang, begriff ich – Almut hatte mich die letzten fünf Jahre nicht aus den Augen gelassen.

50. Kapitel

Ich glaube, wir brauchen doch Schnaps.

Wie am vorigen Abend fand sich Franz mit seiner Tierarzttasche wieder im Restaurant des Hotels ein.

Ich hatte den Verdacht, seine Tasche sei nur ein Vorwand. »Wieder auf dem Rückweg von einem Krankenbesuch?«

Er nickte, wies auf den benachbarten Stuhl. »Ehrlich gesagt, wollte ich wissen, was du erreicht hast.«

»In welcher Hinsicht?«

»Hat sie dir ihr Gästezimmer angeboten?«

»Gibt es das?«

»Ist Janosch dein Sohn?«

»So direkt hat sie das nicht bestätigt. Indirekt ja.«

Er lachte einmal kurz. »Sie will keinen Mann im Haus. Und sie will nicht, dass ein Mann über ihr Leben oder das ihres Sohnes mitbestimmt.«

Wir bestellten Bier, nahmen uns aber vor, heute vorsichtiger mit der Menge des Alkohols zu sein.

»Bin ich jetzt dran mit den Fragen? Sie ist deine Nachbarin, kriegt sie Besuch? Wenn sie ein Gästezimmer hat …«

»Nein, nein, keine Männer. Es gibt keinen. Manchmal dachte ich schon …«

»Frauen?«

Franz schüttelte den Kopf. »Es kam immer mal eine zu Besuch – immer dieselbe, so eine Durchsichtige – aber für eine Beziehung war das nicht häufig genug.«

»Wie durchsichtig?«

»Ganz helle Haut, blondes Haar. So eine, die nicht in die Sonne darf und in der Nacht von selbst leuchtet. Die würde sich hier auf dem Land tagsüber so sehr aufladen, dass man sie nachts für eine Straßenlaterne hält.« Er lachte.

»Name?«

»Keine Ahnung.«

In diesem Moment betrat Almut das Restaurant, kam zu unserem Tisch. »Ich dachte mir so etwas. Sitzt hier zusammen und redet über mich, das geht gar nicht. Außerdem, mein lieber Franz, Holm ist nichts für dich.«

»Ich weiß.«

Sie setzte sich an unseren Tisch, winkte dem Kellner und bestellte ebenfalls ein Bier.

»Hast du Janosch allein zu Hause gelassen?«, fragte ich.

»Janosch spielt nur den Fünfjährigen. In seiner Entwicklung ist er sehr viel weiter, vielleicht wie ein Zehnjähriger. Er hat gemerkt, dass es für ihn von Nachteil ist, den anderen voraus zu sein. Aus dieser Sicht muss man sein Verhalten betrachten. Neulich der Unfall mit dem Bücherkarton war eine Inszenierung für uns.«

»Warum förderst du ihn nicht, wenn er so weit voraus ist?«

»Wie stellst du dir das vor?« Das Bier wurde serviert und sie unterbrach sich, wartete, bis der Kellner sich entfernt hatte. »Soll ich ihm Bücher über Mathematik, Physik und Philosophie geben?«

»Zum Beispiel.«

»Er holt sich alles selbst, was er braucht, und das ist viel besser. Franz, hat er sich von dir schon Bücher geliehen?«

»Nein, nein. Das heißt, er hat mir verboten, darüber zu sprechen.«

»Was war es?«

»Zwei Bände von Karl May und ein medizinisches Nachschlagewerk, das ich ihm geschenkt habe, weil es eine ältere Ausgabe war. Ich hatte erst Bedenken, wegen der Abbildungen von Krankheiten und Wunden. Aber ich habe mit ihm über einige Bilder gesprochen. Er konnte alles sehr sachlich betrachten. Hast du das Buch nicht bei ihm entdeckt?«

»Nein. Ich versuche nicht, ihm nachzuspionieren und er soll seine Geheimnisse bewahren. Er soll seine Kindheit nicht verlieren und selbst herausfinden, wohin er will.« Sie blickte mich an, dann in ihr Bierglas, als hätte der Schaum eine Form, aus der sie ihre Zukunft ablesen könnte, schließlich trank sie in kleinen Schlucken, wischte sich mit dem Handrücken den Mund. »Aber ich bin nicht gekommen, um über Janosch zu reden. Es ist …« Sie wendete sich mir zu. »Ich glaube, ich hab dich so gut wie hinausgeworfen heute Nachmittag. Es tut mir leid. Es war nur wegen Janosch. Natürlich ist er dein Sohn, aber ich will nicht, dass Janosch das weiß und auch sonst niemand. In seiner Geburtsurkunde steht: Vater unbekannt. Das soll so bleiben. Ich möchte jetzt nicht, dass du den Eindruck hast, ich sei dir nicht wohlgesonnen. Ich bin nach wie vor daran interessiert, was du machst und dass es dir gut geht. Ich mag dich immer noch, aber unsere gemeinsame Zeit ist natürlich vorbei.«

Ich dachte an meine eigene Geburtsurkunde mit dem unbekannten Vater. Vielleicht hatte meine Mutter ähnlich gedacht – ich konnte sie nicht mehr fragen – und nun wiederholte sich der Vorgang.

»Woher hattest du die Informationen über mich? Du wusstest alles bereits, bevor ich es dir erzählt habe, nicht wahr?«

»Der Kontakt zu meinem alten Freundeskreis in der Stadt ist nie ganz abgebrochen. Ich habe sie immer mal über dich befragt.«

»Aber keiner wollte mir sagen, wo du wohnst.«

»Ja, damit habe ich auch nicht gerechnet, deshalb dachte ich, du kämst viel früher hierher.«

»Weißt du, was ich nie verstanden habe? Durch deinen Einfluss wurde ich zum Aktivisten. Was ist mit dir? Du hast dich in ein vollkommen bürgerliches Leben zurückgezogen. Wie geht das zusammen?«

Sie betrachtete mich und dann Franz, als wäre er jemand, für dessen Ohren unser Gespräch nicht gedacht war.

»Wovon redet ihr?«, fragte Franz.

»Von unserem politischen Kampf«, sagte Almut. »Ich schreibe zum Beispiel unter Pseudonym Artikel. Auch ein Buch ist erschienen.«

Franz bildete drei Querfalten auf der Stirn. »Wirklich? Wofür kämpfst du?«

»Wir bekämpfen die Auswüchse des Kapitalismus. Für eine bessere, gerechtere Gesellschaft.« Sie lachte. »Wir stabilisieren das System. Absurd, nicht wahr? Und Holm ist noch am Anfang. Ich habe bereits die nächste Stufe erreicht.«

Franz wendete sich mir zu. »Was machst du?«

»Straßenkampf.«

»Bewaffnet?«

»Mit Farbe.«

»Verstehe.« Franz winkte dem Kellner. »Ich glaube, wir brauchen doch Schnaps.« Er bestellte für uns alle einen doppelten Aquavit.

Es folgte eine weitere Runde von Almut und eine Runde von mir. Am Ende waren wir betrunken. Ich war froh, dass Franz sich nicht weiter nach meiner Tätigkeit erkundigte. Und ich begriff, dass Almut mir eine nächste Stufe des Kampfes aufgezeigt hatte. Ich würde Almuts Status nicht erreichen. Und da sie es in Gegenwart eines Ahnungslosen gesagt hatte, unterband sie jede Diskussion. Sie wollte unerreichbar bleiben. Wir tranken weiter und später wankten wir wie am Abend zuvor nach draußen. Doch diesmal zu dritt.

Es war eine warme Nacht. Es wehte kein Wind und für einen Moment hatte ich den Eindruck, auf einem mir völlig fremden Planeten zu sein.

Almut war auch mit dem Fahrrad gekommen. Sie küsste mich auf den Mund, auf eine Weise, bei der früher eine Nacht mit ihr gefolgt wäre.

»Soll ich mitfahren?« Ich zeigte auf mein Fahrrad.

Sie lachte. »Es war nur zum Abschied.«

»Wie gesagt, ich hab auch ein Gästezimmer«, rief Franz. »Es ist, behaupte ich mal, größer und besser ausgestattet.«

»Danke für das Angebot.«

Ich hielt Almut am Gepäckträger im Gleichgewicht und schob sie an. Ich lief eine kurze Strecke neben ihr her.

»Wie ich das sehe, musst du bald verschwinden«, sagte Almut. »Ich habe da für dich die Adresse eines Mannes, er spielt eine Art Hausmeister in einer Wohnanlage mit fast achtzehntausend Bewohnern. Da kannst du gut für immer untertauchen.«

Ich blieb stehen und verfolgte die beiden roten Rücklichter, die in der warmen Nachtluft zitterten und schließlich nicht mehr zu sehen waren.

51. Kapitel

Ich hätte es mir denken können.

An der Tür hing eine Information, dass morgen Abend die Bar wegen einer privaten Gesellschaft geschlossen sei. Mein Fest mit Limette.

Clarissa lächelte mir entgegen, aber je näher ich ihrem Tresen kam, umso mehr faltete sich ihre Stirn. »Du siehst nicht sehr fröhlich aus. Ist es wegen des Schildes an der Tür?«

Ich schüttelte den Kopf und fragte mich, was meine Mimik verriet.

»Du warst auf dem Land?« Es war weniger eine Frage als eine Feststellung.

»Du weißt es doch schon.«

»Stimmt. Almuts Sohn, ist er dein Sohn?«

»Ich glaube, darauf soll es keine Antwort geben. Aber mir ist klar geworden, dass Almut schuld daran ist, dass ich Liebe nicht als Liebe bezeichnen konnte. Sie wollte unsere Beziehung nie so benennen, obwohl sie es war. Und ich habe daraus gefolgert, es wäre nicht genug, Liebe müsse mehr sein als die Gefühle zwischen Almut und mir.«

Im gleichen Moment begriff ich, dass meine Mutter und mein unbekannter Vater eine ähnliche Beziehung gehabt haben mussten. Entsprechend hatte mich meine Mutter – vielleicht ohne es zu wollen – zur Unfähigkeit zu lieben erzogen.

Clarissa lächelte. »Bist du nicht der Typ, der immer behauptet hat, dass Liebe den Menschen davon abhält, ein *zoon politikon* zu sein?«

»Andersrum. Ich glaube, die Politik, genau genommen die Medien, haben die Liebe, die Partnersuche instrumentalisiert ...«

»Instrumentalisiert?«

»Sie machen die Zweierbeziehung zum Wichtigsten und Wertvollsten im Leben eines Menschen, die alles überdeckt, ihn unpolitisch werden lässt.«

»Verstehe schon. Kaffee, wie immer?« Sie drehte sich zur Maschine, ließ einmal kurz den Dampf aus der Düse zischen, klopfte den Siebträger aus. Es waren genau diese Geräusche, die mir fast ein Gefühl von Heimat und Zu-Hause-Sein vermittelten.

»Hattest du oft Kontakt zu Almut?« Ich hoffte, sie würde meine Frage wegen der Geräusche überhören und mir keine Antwort geben. Ich wollte es nicht wissen.

Clarissa nickte. »Gelegentlich. Sie hat sich immer erkundigt, wie es dir geht.«

»Dann wusstest du auch, wo sie lebte?«

Sie nickte wieder.

»Warum hast du mir das nie gesagt?«

»Almut hatte uns alles verboten.«

»Uns?«

»Uns allen.« Sie kam mit dem Kaffee, schob mir die Tasse über den Tresen. »Sie hatte uns verpflichtet zu schweigen.«

Gandalf betrat die Bar. »Ich komme vom Anwalt und habe eine schlechte Nachricht. Mia sitzt immer noch in U-Haft. Die Polizei behauptet, es gebe drei weitere Brandstiftungen der gleichen Art, für die sie als Täterin infrage komme.« Er legte einen Arm um mich, und leise sagte er: »Du musst mir genau erzählen, was sie getan hat. Vielleicht können wir ein paar vergleichbare Brandstiftungen organisieren, während Mia in Haft ist, dann könnte man ihr möglicherweise nur die eine Tat vorwerfen. Ich werde das nicht machen können, denn es kann sein, dass ich überwacht werde, aber Clarissa oder … na ja.«

»Clarissa?«

Clarissa grinste breit.

Gandalf nickte ihr zu. »Sie ist perfekt.«

»Was heißt das?«

Er kam noch näher und flüsterte. »Hinter deinem Rücken ist eine kleine Armee entstanden. Nein, keine Armee, eine Gruppe von Einzelkämpfern, die genau das tun, was du tust. Das heißt, wir haben unser Arsenal erweitert. Wir gehen jetzt auch gegen Gentrifizierung vor, vor allem, wenn dabei langjährige alte Mieter vertrieben werden sollen.«

»Und du gehörst auch dazu?«

Er nickte.

»Vom Privatdetektiv, der mich im Auftrag eines meiner Klienten überwacht, zum Gleichgesinnten – das ging schnell.«

Er richtete sich auf, grinste. »Du hast es noch nicht verstanden. Ich bin dir im Auftrag Almuts gefolgt.«

»Wirklich? Almut? «

»Sie war sich nicht sicher, ob du all das umgesetzt hast, was sie geplant hatte.«

»Almut, ich hätte es mir denken können.«

»Und bei deiner Überwachung hab ich festgestellt, dass dich bereits jemand überwachte.«

»Wer?«

Er hob die Schultern.

»Ich kenne ihn nur als Nase, sein Spitzname. Früher war er beim Militärischen Abschirmdienst, jetzt ist er beim Verfassungsschutz. Aber so hundertprozentig weiß ich das nicht.«

»Nase?«, fragte ich und beschrieb den Mann.

»Das ist er!«

»Du bist sicher, er folgte mir? Aber dann hätte mich der Zivilfahnder zu einer Straftat beauftragt.«

»Was du beweisen müsstest. Er dagegen kann vor Gericht Ausschluss der Öffentlichkeit verlangen, damit seine Identität geschützt ist und gegen dich aussagen.«

»Mist.«

»Ich glaube, du musst sofort aufhören. Möglicherweise ist auch bereits ein weiterer Auftraggeber ein ziviler Fahnder gewesen. Du kannst nicht weitermachen. Am besten du löst dich in Luft auf.«

»Wie mache ich das?«

»Du weißt doch selbst, das beste Versteck ist unter einer großen Menschenmenge.«

Er bestellte ein Bier bei Clarissa. »Aber nun erzähl, wie

das war bei Mias Brandstiftung. Wie ich es sehe, müssen wir einfach offenstehende Garagen suchen und …«

»Das geht über alles hinaus, was ich jemals gemacht habe«, sagte ich.

»Keine Sorge, wir sind über alles hinaus«, sagte Gandalf.

52. Kapitel

Abschiedsfest.

Clarissa und Limette bauten das Büfett auf. Es bestand aus Antipasti, die ein italienisches Restaurant in der Nähe zubereitet hatte. Clarissa stellte noch einen Topf mit Kürbissuppe dazu.

»Wie machen wir es mit den Getränken? Gibt es nur Bier und Wein?«

»Nein, jeder bestellt, was er möchte«, sagte Limette. »Ich zahle heute alles.«

Ich protestierte. »Das ist gegen unsere Abmachung.«

Limette kam auf mich zu, küsste mich auf die Wange. »Ich weiß, aber es gibt einen Grund. Es tut mir leid, dass der Abend nun anders verlaufen wird, als du es gedacht hast.«

Ich umarmte sie. Ihre Haut war noch durchscheinender als sonst. Das Haar hatte seine gelbe Farbe verloren, es war weiß. »Was hast du vor?«

»Geduld. Du wirst es schon erfahren. Auch unseren Vertrag werde ich nicht mehr einhalten können.«

»Nicht?«

Sie schüttelte den Kopf und ihr Haar fegte über ihre Schultern. Ich liebte diese Geste.

»Schade«, sagte ich.

»Ja, es ist wirklich schade.«

Für das Büfett waren ein paar Tische zusammengeschoben und mit einer Goldfolie bedeckt worden. Clarissa zündete jetzt rote Kerzen an. Die Dekoration erinnerte mich an Weihnachten.

»Musik«, befahl sie und ging zum Verstärker. Es erklang Klassik. Es war *Der Tod und das Mädchen* von Schubert.

Nach und nach versammelten sich rund zwanzig Gäste. Einige kannte ich nicht. Ich fragte Gandalf, ob das die Armee der Einzelkämpfer sei. Er nickte. »Ausnahmslos. In den letzten drei Wochen sind noch vier dazugekommen.«

»Und wissen die alle auch, was ich mache?«

»Natürlich. Wir haben in den letzten Wochen in kleinen Gruppen zusammengesessen und eine neue Technik ausgetüftelt, um Schaufensterscheiben einzuwerfen ohne Spuren zu hinterlassen, denn an Steinen bleibt oft Genmaterial zurück.«

»Und wie geht das?«

Er schüttelte den Kopf. »Du bist raus!«

Die Musik hatte gewechselt. Es lief die für Clarissas Bar übliche Popmusik. Ich beobachte Limette, die keinen Alkohol trank, und ging zu ihr.

»Was ist mit dir?«

»Alles gut.«

»Ich hatte mir ein paar Worte zurechtgelegt für eine kleine Rede. Aber wenn unser Vertrag hinfällig ist, weiß ich nicht …«

»Ich mach das. Ich halte eine kleine Rede. Ich warte nur noch auf einen besonderen Gast.«

»Auf wen?«

»Sag ich nicht.«

Eine halbe Stunde später kam der Gast, es war Almut. Sie hatte Franz mitgebracht und stellte ihn als ihren Fahrer vor, denn sie habe vor, sich zu betrinken. Sie umarmte Limette lang, küsste sie und ich sah das Glitzern in ihren Augen, die in zu viel Wasser schwammen.

Langsam begriff ich, was dies für ein Fest war.

Limette stellte sich auf einen Stuhl und klopfte gegen ihr Wasserglas. Clarissa stellte die Musik leiser.

»Dies«, sagte Limette, »sollte ein ganz anderes Fest werden, aber nun ist es mein Abschiedsfest. Ich kann auch leider nicht mit euch trinken, weil ich morgen sehr früh ins Krankenhaus muss. Die Ärzte lieben betrunkene Patienten nicht.« Sie lachte. »Meinen Abschied vom Alkohol muss ich also später in einer kleineren Gruppe nachholen. Bis vor wenigen Tagen hab ich gedacht, ich müsste sehr sparsam leben, damit mein Geld noch lange reicht. Jetzt weiß ich, dass ich es gar nicht mehr ausgeben kann. Ich habe versucht, es einigermaßen gerecht auf alle zu verteilen.« Sie holte einen Zettel hervor, sagte, es sei ein Ausschnitt aus ihrem Testament. Von der Hälfte der Anwesenden war jeder mit einer Summe bedacht. Ich zählte alles zusammen. Es waren über hunderttausend Euro. Sie bedauerte, nicht mehr alle von uns kennengelernt zu haben, sonst hätte sie ihr Vermögen auf mehr Personen verteilt, aber jeder, der etwas bekomme, könne es ja mit jemandem teilen, der nicht berücksichtigt wurde.

Alle schwiegen und Limette kletterte von ihrem Stuhl herunter und winkte Clarissa, sie solle die Musik wieder hochfahren.

Almut kam zu mir.

»Du wusstest es schon, nicht wahr?«, fragte ich.

»Limette ist meine beste Freundin.«

»Ich dachte es mir. Franz beschrieb sie als deine regelmäßige Besucherin. Warum habe ich das alles nicht gewusst?«

Almut presste die Lippen aufeinander und wiegte den Kopf. »Vielleicht, weil du es nicht hast wissen wollen. Ich hab das Gefühl, du lebst in einer sehr eigenen, abgeschlossenen Welt.«

»Damit ist jetzt wohl Schluss. Ich höre auf.«

»Wie ich es sehe, wirst du für etwa zehn Jahre verschwinden müssen.«

»Was wird aus Mia?« Es musste eine Möglichkeit geben, mit ihr zusammenzubleiben.

»Es wird sich eine Lösung finden. Bereite dein Verschwinden vor.«

Mir fiel Nase ein, der Mann, der mich verfolgt hatte, und plötzlich wusste ich, dass ich noch eine Begegnung mit ihm arrangieren musste.

»Geht es Limette wirklich so schlecht?«, fragte ich.

»Schon lange, und es war ihr klar, dass irgendwann sehr schnell das Ende kommt.«

53. Kapitel

Der Triumph des Rechten Winkels.

Besuche in Krankenhäusern waren nicht einfach. Schon vorher musste ich mich in eine positive Stimmung bringen und vor allem überlegen, was ich erzählen wollte. Am Krankenbett hatte ich immer das Gefühl, eine Art Alleinunterhalter zu sein.

Diesmal fiel mir schon am Eingang auf, dass Krankenhäuser falsch konstruiert waren. Der Triumph des Rechten Winkels bot in seinem Innersten den Bakterien und multiresistenten Keimen einen beständigen Aufenthalt. Keine Reinigungsmaschine reichte dorthin. Das perfekte Krankenhauszimmer müsste das Innere einer Kugel sein. Kein Winkel, kein Versteck den Krankheitserregern.

Warum kam kein Architekt auf diese geniale Alternative? Oder war es so, dass ich wirklich, wie Almut behauptete, in einer sehr eigenen, abgeschlossenen Welt lebte?

Ich versuchte, flach zu atmen, um nicht Opfer von Keimen zu werden, und fragte am Empfang nach

Limette. Der Mann hinter der Glaswand, zum Schutz vor Keimen, brummte. Wahrscheinlich versuchte auch er, seinen Mund so wenig wie möglich zu öffnen, um Viren keinen Einlass in seinen Körper zu gewähren. Oder er war auch bereits seit vierundzwanzig Stunden im Dienst, wie ich es von Krankenhausärzten gelesen hatte. Es machte stumm. Seine Finger fuhren über die Tastatur eines Computers, in deren Ritzen die Bakterien ein Fest feierten. Die Glaswand würde ihm nichts nützen. Die Gefahr kam von innen. Schließlich bekam ich eine knappe Anweisung. Ich solle in den dritten Stock gehen und dort im Schwesternzimmer fragen.

Zur Förderung meiner Gesundheit stieg ich nicht in den Fahrstuhl, sondern nahm das Treppenhaus. Es roch nach heimlich gerauchten Zigaretten.

Im Stationszimmer des dritten Stockwerks erwartete mich ein Arzt. Er vergewisserte sich, dass ich zu Limette wolle und ein guter Freund von ihr sei. Daraufhin folgte ich ihm in sein Zimmer und er bat mich, Limette zu überzeugen, sich behandeln zu lassen.

»Wie stehen ihre Chancen?«

»Schlecht, aber wenn sie die Behandlung verweigert, noch schlechter.«

»Worin bestünde die Behandlung?«

Er hob die Schultern. »Operationen, Chemo, Bestrahlungen …« Mit jedem Wort breitete er die Arme etwas aus. Er kannte wohl keine andere Art des Sterbens als: Tod nach Therapie.

»Ich weiß nicht …«

»Versuchen Sie es.«

Limette lag in einem Bett und lächelte mich mit fest aufeinander gepressten Lippen an. Ich beugte mich über sie und küsste sie auf die Nasenspitze, dann setzte ich mich auf den Bettrand.

Sie legte die Hände auf die Bettdecke. »Siehst du das?«, fragte sie.

»Was?«

»Es gibt kaum Unterschied zwischen der Farbe meiner Haut und dem Betttuch.«

»Stimmt. Du hast wahrscheinlich die Eigenschaften eines Chamäleons.«

»Nein, ich bin dabei, mich generell unsichtbar zu machen.«

»Der Arzt sagt, du lehnst jede Behandlung ab.«

»Ja, sie werden mich deshalb spätestens morgen früh rausschmeißen. Vielleicht auch schon heute.«

»Warum bist du überhaupt hierhergekommen?«

»Ich wollte das Ausmaß meiner Krankheit dokumentiert haben. Ich wollte sicher sein, dass es keinen Ausweg gibt.«

»Und du bist sicher?«

»In meiner Familie wütete in jeder Generation diese Krankheit. Seit meiner Kindheit habe ich von den Großeltern über die Eltern bis zu meinen Geschwistern alle sterben sehen. Keiner von uns hat die fünfzig erreicht. Und nur um ein paar Wochen länger zu leben, will ich kein sabberndes, wimmerndes Etwas sein, das nichts mehr bei sich behalten kann und keinen eigenen Willen mehr hat.«

Ich nickte.

»Es tut mir leid, dass unser Plan nun nicht mehr funktioniert. Ich hätte es wirklich gern ausprobiert, wie es ist, mit jemandem zusammenzuleben. Nur für mich, denn eine ernsthafte Beziehung einzugehen, habe ich nie gewagt. Ich wusste ja, wie mein Leben enden würde.«

Ich erhob mich von der Bettkante. »Soll ich dich nicht gleich mitnehmen und nach Hause bringen.«

»Nein, danke. Es gibt gleich noch eine Schlussbesprechung mit dem Arzt.«

»Er wird dir zusetzen.«

»Ich werde ihm vom Sterben meiner Schwester erzählen, die alle Therapien in der Hoffnung auf Heilung gemacht hat. Das wird ihn zum Verstummen bringen.« Sie griff nach meiner Hand. »Geh jetzt. Und denk daran, ich bin seit Jahren vorbereitet.«

»Aber was soll ich tun?«

»Ich soll dir einen letzten Rat geben? Gut, du musst auf eine andere Art unsichtbar werden. Und das geht am besten dort, wo die meisten Menschen sind.«

Ich beugte mich erneut über sie und küsste sie. »Ich hätte dich gern noch ein paar Jahre regelmäßig besucht. Was soll ich jetzt machen, wenn ich Rat brauche?« Ich dachte an die verlässlichen Reaktionen der Birken vor ihrem Wohnzimmerfenster.

Sie schloss die Augen und flüsterte: »Geh. Ich werde meine Augen nicht mehr öffnen, bis du gegangen bist.«

54. Kapitel

Was für ein Zufall.

Ich betrat den Weinladen.

Ich war davon überzeugt, dass der Geruch von Alkohol Alkoholiker davon abhielt, ein Geschäft zu betreten, in dem es nach Alkohol roch. Es lag wohl daran, dass sie ihre Sucht verheimlichen wollten und es genau der gleiche Geruch war, der sie verriet. Ich kannte mal einen Theaterschauspieler, der Alkoholiker war, keinen Auftritt ohne Alkohol hinbekam. Damit es niemand bemerkte, gurgelte er mit Parfüm. Wie ein Geschäft, das Weine und Spirituosen zum Teil sogar in Fässern verkaufte, es hinbekam, nicht nach eben diesem Sortiment zu riechen, blieb mir ein Geheimnis.

Nase war nicht zu sehen. Einer der Verkäufer kam auf mich zu. Ich fragte ihn nach dem Geschäftsführer dieser Filiale. Er antwortete, es gebe zurzeit keinen, er selbst sei vorübergehend der Stellvertreter.

»Wo ist der letzte?« Ich nannte den Namen von Nase

und bekam ein »Ha« als Antwort, wobei der Verkäufer den Kopf zurückwarf.

»Ist einfach gegangen. War auch noch in der halbjährlichen Probezeit.«

»Probezeit? Der war doch auf der Internetseite bereits als ausgewiesener Weinkenner und Berater abgebildet.«

»Kannten Sie ihn gut?«

»Nein. Ich dachte nur, ich lass mich von ihm beraten.«

Wieder das »Ha« mit zurückgeworfenem Kopf, dann kam er etwas näher und senkte die Stimme: »Der kam mit fantastischen Zeugnissen an, riss sich sofort die Homepage unter den Nagel. Davon hatte er Ahnung, aber von Wein verstand er nichts. Seine Beschreibungen im Internet waren alle abgeschrieben. Wenn Sie mich fragen, die Zeugnisse müssen gefälscht gewesen sein. Hat er wohl gemerkt, dass er das nicht durchhält. Und nun ist er weg. Einfach von einem Tag auf den anderen, ohne ein Wort. Weiß der Teufel, wo der hin ist. Ich sollte es vielleicht genauso machen. Kennen Sie den Chef vom Ganzen?«

»Nein. Ich habe gehört, dass es nicht einfach ist mit ihm.«

»Statt Gehaltserhöhungen gibt's hier jedes Jahr weniger, mit der Begründung, wir könnten ja verbilligt einkaufen – mit zehn Prozent Rabatt! Selbst wenn ich jeden Tag eine Flasche Wein trinke, komme ich auf insgesamt 15 Euro Ersparnis im Monat, gekürzt hat er mein Gehalt um 40 Euro. Ich soll mich wohl totsaufen, um das wieder rauszuholen.«

»Dafür werden Sie doch jetzt Filialleiter.«

»Ha. Das ist nur mit mehr Arbeit verbunden, nicht mit mehr Geld. Außerdem, jetzt haben wir einen neuen Chef. Seine Frau leitet jetzt den Betrieb. Dem Alten ging es ja nicht mehr so gut, nach seinem Herzanfall.«

»Dann wird ja alles besser.«

»Ha. Sie hat sich gleich mit einer Lohnkürzung eingeführt. Es gibt demnächst Betriebskleidung, eine Uniform. So eine Art Weinpolizei. Ha. Und das war der Grund für die Gehaltskürzung: Wir würden ja dann an Bekleidung sparen.«

»Weinpolizei! Sie sind ein Glückspilz, hier arbeiten zu dürfen.« Ich verabschiedete mich.

»Wollen Sie keinen Wein?«

»Soll ich wirklich in einem Geschäft einkaufen, das so unbarmherzig geleitet wird?«

»Haben Sie auch wieder recht.«

»Ihre neue Chefin wird Ihnen das Gehalt weiterhin kürzen.«

Er hob die Schultern.

Ich hatte einen Fehler gemacht. Hätte ich eher mal mit einem weiteren Mitarbeiter des Weinhändlers gesprochen, wäre mir vielleicht aufgegangen, dass etwas mit meinem Auftraggeber nicht stimmte. Mir genügten damals als Beweis für die Korrektheit des Auftrags die Aussagen im Internet über den Weinhändler. Ein ausgewiesener Unmensch und Ausbeuter.

Ich wusste ja, wo Nase wohnte. Im Grunde ein Fall, um seine Fassade mit Farbbeuteln zu bewerfen, aber vielleicht war das Haus auch nur eine Tarnadresse. Andererseits hatte ich ihm schon einen unangekündigten Besuch abgestattet und die komplizierte Konstruktion seines Waffenverstecks unter der Hundehütte deutete auf das echte Wohnhaus hin.

Der größte Schaden für einen verdeckt arbeitenden Ermittler war es, ihn in der Öffentlichkeit zu enttarnen. Selbst wenn sich die Medien nicht dafür interessierten, wäre es mit einer in der Südsee registrierten Internetseite möglich, ihn bloßzustellen. Und eine solche Seite ließe sich nicht so einfach abschalten. In der Regel wurde ein enttarnter Ermittler in den Innendienst versetzt. Aber auch dort würde man ihn die Niederlage spüren lassen. Er könnte sich an mir rächen und meine Akte manipulieren. Die Gewähr für ewige Überwachung.

Vielleicht wäre das trotzdem eine Verhandlungsposition für mich. Ich sollte ihn ein weiteres Mal treffen. Gleichzeitig könnte ich mir seine Hausfassade ansehen, ob sie gut zu treffen wäre.

Ich schaltete mein Handy ab und fuhr sofort zu ihm. Die Idee mit den Farbbeuteln gefiel mir. Er würde sofort wissen, wer der Werfer gewesen ist. Vielleicht sollte ich statt Schwarz eine leuchtende Farbe nehmen. Ich erinnerte mich, dass die Mauern aus sehr dunklem Klinker bestanden. Leuchtendes Blau oder Orange. Ich hatte mich generell gegen Leuchtfarben mit giftigem Cadmium entschieden, aber in diesem Fall sollte ich eine Ausnahme machen. Nase würde trotzdem sofort wissen, wer der Werfer war, nur der offizielle Beweis würde ihm wegen fehlender Farbkontinuität kaum gelingen.

Am Anfang seiner Straße gab es einen kleinen Supermarkt. Es waren genug Leute unterwegs, die von dort zu Fuß nach Hause gingen. Ich parkte auf dem Parkplatz des Händlers und tarnte mich mit einem Jutebeutel aus dem Kofferraum, in den ich meinen Verbandskasten stopfte, damit er Gewicht hatte.

Ich lief los, bemerkte aber, dass mir Nase entgegenkam, ebenfalls mit einem Jutebeutel ausgestattet. Ich wollte auf die andere Straßenseite ausweichen, aber er sah und erkannte mich. Er winkte.

Wir standen uns gegenüber wie Nachbarn, die sich zufällig auf dem Einkaufsweg begegnet sind.

»Was für ein Zufall«, sagte Nase und versuchte, in meinen Einkaufsbeutel zu gucken.

»Kein Zufall«, sagte ich. »Ich wollte mir gerade mal Ihre Fassade ansehen.«

Er zog die Brauen hoch.

»Sie sind nicht der, für den Sie sich ausgegeben haben.«

»Wie kommen Sie darauf?«, fragte Nase.

»Natürlich wollen Sie wissen, wie Sie enttarnt worden sind. Noch ist Ihre wahre Identität nicht öffentlich, aber die Internet-Gemeinde ist sehr begierig, so etwas zu erfahren.«

»Wie wollen Sie das beweisen?«

»Muss ich das?«

Er lächelte »Sie haben nichts …«

»Ich habe unser Gespräch auf Video.«

»Haben Sie nicht.«

Es stimmte, selbst wenn ich ihn gefilmt hätte. Er hat sich immer so ausgedrückt, dass es nicht eindeutig war. Und Geldübergaben waren immer so geschehen, dass er nur Umschläge überreicht hatte.

»Meine Verhandlungsposition ist: Ich mache Sie und Ihre Tätigkeit öffentlich.«

Er presste die Lippen aufeinander. Es war die größte Niederlage, die man einem verdeckt arbeitenden Agenten zufügen konnte. Bestimmt hatte er weitere, vielleicht wichtigere Observierungen, die dann unmöglich wurden.

»Was …« Er zögerte, begriff erst jetzt, dass ich mit ihm handeln wollte. »… was wollen Sie?«

»Vernichtung aller Daten, Protokolle und Schweigen.«

Er rieb sich das Kinn.

Ich zählte stumm bis zehn, dann ging ich langsam weiter.

»Warten Sie.« Er folgte mir. »Sie haben ja inzwischen wirklich jemanden auf dem Gewissen.«

Ich hob die Schultern.

»Das waren Sie doch bei dem Finanzberater. Ich hab mir das verkohlte Auto angesehen und eine kleine explodierte Batterie gefunden. Verraten Sie mir Ihre Technik? Sie wissen, dass der Mann tot ist?«

»Ich weiß nicht, wovon Sie reden.«

»Sein Haus begann zu brennen. Er sprang aus dem Fenster und brach sich die Wirbelsäule.«

»Ist das der Betrüger, der zwei seiner Klienten in den Selbstmord getrieben hat? Wahrscheinlich war es einer von seinen Kunden.«

»Sie meinen, es war gerechtfertigt? Selbstjustiz geht gar nicht. Und schon gar nicht im Auftrag.«

»Wie war das bei Ihnen mit dem Auftrag?«

Ich ging an ihm vorbei bis zu seinem Haus und betrachtete die Fassade, berechnete, wie ich werfen müsste. Er war mir gefolgt.

»Diesmal würde ich die Farbe wechseln. Es besteht die Möglichkeit, eines der Fenster zu treffen. Das ist natürlich von Nachteil, denn Sie würden den Wurf sofort registrieren.«

»Schon gut«, sagte er, »ich kann die ersten Protokolle, die im Kreislauf sind, nicht mehr vernichten.«

»Aber mit abschließenden Beurteilungen versehen, sodass sie aus dem Kreislauf genommen werden, keine Bedeutung mehr haben. Sie formulieren einen Irrtum. Zum Beispiel wäre ich zu Ihrer Ablenkung eingesetzt gewesen und hätte mit den eigentlichen Aktionen nichts zu tun gehabt.«

»Ja, schon ...« Mit seinen Antworten gab er seinen Überwachungsauftrag zu. »Sie gehören dann aber immer noch zu einem Kreis von Verdächtigen.«

»Und noch etwas: Schweigen, keine Aussage mehr über mich vor niemandem.«

»Aber nur unter der Bedingung, dass Sie aufhören.«

Das musste er verlangen, denn machte ich weiter und würde gefasst, hätte er Schwierigkeiten zu erklären, warum er die Observation eingestellt hatte.

»Okay.«

»Versprochen?«

»Versprochen.«

Er schüttelte mir die Hand, berührt die Knöpfe meiner Jacke. Er befürchtet eine Kamera. »Kamera? Mikros? Aber die sind heutzutage so klein ...«

Ich öffnete meine Kleidung, zog die Jacke hoch und drehte mich um.

Er blickte die Straße hinauf und hinunter, ob uns jemand beobachtet oder gefilmt hatte.

Keine Passanten.

»Und wie ist es bei Ihnen?«

Er schnaufte.

»Gut, abgemacht«, sagte Nase und ging zum Hauseingang. Ich sah ihm nach, beobachtete seinen Gang. Einmal schwankte er und gleich darauf folgte der Ansatz eines Stolperns, dann ging er weiter mit leicht gesenktem Kopf.

Er hatte verloren, aber würde er sich an unsere Abmachung halten? Ich hatte Zweifel. Besser wäre es für mich zu verschwinden.

55. Kapitel

Indien? China?

Du kannst sie nicht besuchen.« Clarissa schüttelte den Kopf, sodass sich das Haar löste und die Ohren freilegte. »Selbst ich darf nicht zu ihr gehen.«

»Steht es wirklich so schlecht um sie?«

»Limette hat mir ihren Wohnungsschlüssel gegeben. Ich darf erst morgen nach ihr schauen.«

»Wirklich? Das bedeutet, sie bringt sich um!«

Mia betrat das Café. »Ich bin wieder draußen!«

Ich wollte sie umarmen, aber sie wehrte ab. »Ich werde bestimmt beobachtet. Du musst auf Distanz bleiben, die warten auf so eine Geste – und schon bist du auch Zielobjekt.«

»Schade.«

»Über wen habt ihr gerade gesprochen? Wer bringt sich um?«

»Limette.«

»Bin eben an ihrer Wohnung vorbeigefahren. Sie stand am Fenster. Wir haben uns zugewinkt.«

Clarissa sah mich an, presste die Lippen zu einem Grinsen zusammen und hob den Kopf, dann drehte sie sich zur Kaffeemaschine um. »Kaffee, Mia?«

»Ja.«

»Wieso bist du draußen?«

»Weil ich einen festen Wohnsitz habe. Es gab nur noch eine kurze Diskussion mit dem Staatsanwalt, ob mein Vermieter mir nicht fristlos kündigen könnte und ich dann keinen festen Wohnsitz mehr hätte. Ich muss mich jeden Tag auf der Wache melden.« Sie sah sich um, betrachtete alle Gäste und leise fuhr sie fort: »Ich hätte nicht übel Lust zu verschwinden.«

»Aber warum? Was hast du zu erwarten? Zwei Jahre auf Bewährung. Schadenersatz – kann nicht viel sein.«

»Leider nein. Ich hab mal für Gandalf was erledigt, da hatte ich schon meine Bewährung.«

»Was war denn das?«

»Ein kleiner Einbruch.«

»Wirklich?«

»Gandalf hat damals ausgesagt, er hätte mich – im Rahmen eines Nachforschungsauftrages – dazu angestiftet. So war es ja auch.«

Clarissa schob den Kaffee über den Tresen.

»Ich war damals im Rausch des Erfolges, genauso leichtsinnig wie mit dir.«

»Was heißt das? Ich bin der Leichtsinn deines Lebens?«

»Ja, lass uns für immer gemeinsam in eine dunkle Ecke der Welt verschwinden.«

»Meinst du das wirklich? Ich denk auch gerade darüber nach, mich in Luft aufzulösen.«

»Und wie geht das? Du hast doch bestimmt einen Plan.«

»Das beste Versteck ist in einer großen Menschenmenge.« Almuts Worte.

»Muss ich mich von meinen orangefarbenen Kleidern verabschieden?«

Ich nickte. »Sicher.«

»Ich bin sie sowieso leid. Ab jetzt alles bunt, dafür unsichtbar.«

»Und du wirst eine Brille tragen müssen, die einen falschen Pupillenabstand vortäuscht, wegen des Programms für Gesichtserkennung.«

»Wir gehen nach England. Dort ist das doch im Einsatz.«

»So wie das in England funktioniert, wird es auch bei uns eingesetzt.«

»Lass mich deine Brillenschlange sein.« Mia trank ihren Kaffee in kleinen Schlucken. »Und in welches Land gehen wir. Indien? China? Dort gibt es die meisten Menschen.«

»Aber in diesen Ländern fallen wir als Europäer am meisten auf. Ich fürchte, unsere dunkle Ecke ist gar nicht so weit. Ich muss Almut nach einer bestimmten Adresse fragen.«

56. Kapitel

Ende der Wirklichkeit.

Ich sah Limette nicht wieder – nur als ein Häufchen Asche, das Almut trug. Es verbarg sich in einer Urne, die aus einer Art Brotteig gemacht worden war. Sie wartete am Eingang des Friedwaldes auf uns. Die Sonne zeichnete Schatten mit scharfen Kanten in ihr Gesicht. Ich sah, wie ihre Augen sich immer mehr mit Flüssigkeit füllten. Sie konnte nicht sprechen, die Augen wären übergelaufen, so nickte sie mir nur zu.

Auf dem Parkplatz sah ich den Tierarzt neben einem Auto stehen. Er gab mir ein Zeichen. Ich ging hinter den Wartenden entlang zu ihm.

»Ich denke, ich gehöre nicht richtig dazu«, sagte Franz. »Ich bin nur Almuts Fahrer.«

Ich gab ihm die Hand.

»Es ist nur so: Ich hab das Gefühl, es dir sagen zu müssen. Es war doch Almut, die mich auf die Idee mit dem Ohne-Spiegel-Verein brachte. Dass ich schon während meines Studiums darauf gekommen bin, war gelogen. Ich musste Almut versprechen, es anders darzustellen als sie es dir erzählt hatte.«

»Warum hat sie das getan?«

Er hob die Schultern. »Ich weiß nicht, was das sollte.«

»Seltsam.«

»Ich denke, sie wollte ihre Glaubwürdigkeit bei dir infrage stellen. Sie denkt einfach in einem größeren Rahmen oder viel weiter voraus als der normale Mensch.«

Ich bat ihn, mit zum Grab zu kommen, aber er winkte ab. Es hatten sich inzwischen fast dreißig Personen versammelt. Die meisten der Trauergäste kannte ich nicht. Limette hatte noch ein Leben außerhalb des Freundeskreises um Clarissas Bar herum gehabt, von dem ich keine Kenntnis besaß.

Almut ging langsam los.

»Wer war das?«, fragte Mia

»Der Nachbar Almuts, ein Tierarzt. Er hat sie hergefahren.«

Ich betrachtete die Urne. Das Material sollte sich in der Erde auflösen. Es wirkte wie Pappe.

Mia hakte sich bei mir ein und auch mir stieg das Wasser in die Augen. Ich verstand nicht, warum mir Limette erst zum Schluss etwas über ihre Krankheit erzählt hatte. Wieso hatte sie mich ausgesucht für eine Erfahrung, die ihr noch im Leben fehlte? Es hätte sicher geeignetere Männer gegeben. Vielleicht hatte es daran gelegen, dass sie fast alles über mich wusste, aber mir gegenüber das nie hat durchblicken lassen. Denn sicher hatte sie ihr Wissen mit Almuts Kenntnissen angereichert.

Und noch etwas begriff ich nicht: Mia und ich hatten

sehr viel mehr Geld aus Limettes Nachlass erhalten als von ihr angekündigt.

Mia neigte sich mir zu und flüsterte: »Ich habe das Gefühl, es ist mit Limettes Tod auch etwas in unserer Wirklichkeit zu Ende.« Sie fuhr sich mit beiden Händen ins Haar und kratzte sich.

»Was meinst du?«

»Wenn alles klappt, verschwinden wir doch beide aus dieser Welt, als wären wir tot.«

»Wir haben dann nur noch uns.«

»Wir beide auf einer einsamen Insel.«

»Im Menschenmeer.«

»Wie schwimmt man darin?«

»Wie ein Fisch im Schwarm.«

Wir waren an einer Birke angekommen. Zwischen ihren Wurzeln war ein Loch gegraben Die ausgehobene Erde lag auf einer grünen Plane. Daneben stand auf einer Säule eine Schale mit gelben Blüten.

Almut kniete sich nieder, versenkte die Urne in die Erde. Sie beugte sich weiter darüber und ich sah deutlich eine Träne auf die Urne fallen. Sie erhob sich und ging weiter bis zu zwei Eichen. Dort blieb sie stehen.

Wir reihten uns ein, um wie die anderen eine der Blüten aus der Schale zu nehmen und auf die Urne fallen zu lassen.

Danach ging ich zu Almut.

Sie nickte mir zu. »Ich sage dir jetzt den Namen eines Mannes, er ist nicht der Hausmeister, aber er übernimmt dessen Funktionen. Er wird euch zwei Wohnungen zuweisen. Ihr könnt nichts mitnehmen. Keine Computer, kein Handy, keine Kleidung. Nichts, was an euer altes Leben erinnert. Ich nenne dir Namen und Adresse und du darfst sie nicht aufschreiben.«

»Gut.«

»Wir sehen uns nicht wieder. Kein Kontakt mehr zu Menschen, die du bis heute gekannt hast. Du musst alles auflösen, Konto, Verträge, dich für tot erklären. Und keine Fragen mehr. Versprichst du das?«

»Ja.«

Sie nannte mir einen Namen, eine Straße und eine Hausnummer. Ich wusste ungefähr, wo das war. Eine Siedlung am Rande der Stadt mit fast achtzehntausend Bewohnern. Der Schwarm.

57. Kapitel

Es gibt uns nicht mehr.

Wir hörten den Atem des sogenannten Hausmeisters schon durch die geschlossene Tür. Und als er sie öffnete, warteten wir seinen Hustenanfall ab.

»Asthmatiker«, sagte er mit rotem Gesicht, als er wieder Luft bekam.

Wir nickten.

Er hob die Hände. »Keine Namen. Ich will mich damit gar nicht belasten. Ich weiß, wer Sie sind, beziehungsweise, was Sie wollen. Kommen Sie rein.« Er ging voran, legte im Flur den Kopf zurück und sprühte sich etwas in die Lunge.

Ich schloss hinter uns die Tür.

Ich hatte alles getan, um spurlos zu verschwinden. Meinem Vermieter hatte ich mit dem Absender eines angeblichen Bruders meinen Tod mitgeteilt und fristlos gekündigt. Ähnliche Kündigungsschreiben waren an die Versorgungsunternehmen gegangen. Da er, mein vermeintlicher Bruder, das Erbe ausgeschlagen habe, könne man sich mit keiner Forderung an ihn wenden. Ich hatte das Bankkonto aufgelöst und mein gesamtes Geld abgehoben.

In Mias Mietvertrag war schon immer eine Untermieterin eingetragen gewesen, die dort jetzt tatsächlich einziehen würde. Auch Mia hatte ihre Bankkonten aufgelöst und sich alles bar auszahlen lassen. Und es gab kein Orange mehr in ihrem Leben, kein Kleid mehr, das wie eine Fahne an ihrem Körper hing. Sie trug blaue Jeans und eine schwarze Jacke.

Der vorgebliche Hausmeister setzte sich auf ein mit grünem Samt bezogenes Sofa, das ein wenig ächzte, als er sich fallen ließ. Wir nahmen links und rechts in den dazu passenden Sesseln Platz. Alles war auf einen großen Fernseher in einer Schrankwand ausgerichtet.

Der Hausmeister zog eine Schublade des mit Kacheln belegten Couchtisches auf und nahm zwei Schlüsselbünde heraus. »Die Miete, einschließlich aller Nebenkosten, zahlen Sie an mich, spätestens zu jedem Ersten im Monat. Und jetzt sofort einmal im Voraus.«

Wir gaben ihm jeder die Summe, die er nannte. Ich rechnete und kam darauf, dass mein Geld in ungefähr fünf Jahren verbraucht sein würde. Er schob uns jedem die Schlüssel zu und nannte den Namen, der an der Tür stand. Meine Wohnung lag im Erdgeschoss in seiner Etage. Mias Wohnung war im obersten Stock.

»Wenn irgendetwas nicht funktioniert, wenn Sie etwas bestellen, kaufen wollen, außer Lebensmitteln, kommen Sie zuerst zu mir. Wir haben alle Handwerker und Händler hier in den Häusern, und es ist preiswerter als draußen. Sie können sich in diesen Kreis selbst einbringen. Können Sie irgendetwas gut?«

Ich sagte, ich kenne mich mit elektrischen Sachen gut aus. Er bestätigte, ich würde über ihn Aufträge erhalten. Im Keller könne ich eine kleine Werkstatt benutzen. Mia erklärte, sie könne gut nähen, habe sich ihre Kleider weitgehend selbst genäht. Der Hausmeister bot an, ihr eine Nähmaschine zu besorgen und Aufträge. Er nannte für uns beide einen Stundenlohn von etwa der Hälfte von dem, was im regulären Wirtschaftskreis üblich war.

Ich ging zu meiner Wohnung und Mia fuhr mit dem Fahrstuhl in den obersten Stock. An meiner Tür hing ein Schild *Gregor Bollmann*. Die Wohnung war möbliert, hatte ein Schlafzimmer, ein Wohnzimmer, eine kleine Küche und ein Bad. Ich öffnete die Schränke. Es war alles da, Geschirr, Bettwäsche, sogar Kleidung, die mir ziemlich gut passte. Ich hatte alles inspiziert und anprobiert, als es an der Eingangstür kratzte.

Mia stand im Flur. »Guten Tag«, sagte sie, »ich wohne ganz oben und bin neu im Haus. Ich kriege den Fernseher nicht eingeschaltet. Sie kennen sich doch damit aus.« Sie grinste breit.

Wir fuhren hoch zu ihrer Wohnung. Sie war so aufgeteilt wie meine. Das Fernsehproblem war schnell gelöst. Es gab einen zusätzlichen Ausschalter an der Steckdose.

»Danke«, sagte Mia. »Jetzt habe ich noch ein Problem im Schlafzimmer. Sie nahm mich ins Nebenzimmer, küsste mich und warf mich aufs Bett. Sie zog die Decke über uns. »Es gibt uns nicht mehr.«

Für einen Moment dachte ich an meine Mutter, die im Rollstuhl im Heim saß. Sie hatte auch ihre Vergangenheit vergessen und dadurch aufgehört zu existieren. Wir konnten neu beginnen.

Ich schlug die Bettdecke wieder zurück. Ich betrachtete die Frau neben mir. »Wer bist du?«

»Oh, ich heiße Katharina. Ich wohne hier. Und wer bist du?«

»Ich bin Gregor aus dem Erdgeschoss.«